流浪的終點。

The End of Drifting

年度暢銷作者

藤井樹

Hiyawu

常常，我們迷惘著現在，感嘆著過去，同時尋找著未來，
這種感覺，好像在流浪一般……
只是，究竟為什麼我們必須漂泊？
離開妳，開始我的流浪，這麼做，有著什麼意義？

○○作者序

任性一點的，流浪

我已經不記得是什麼時候養成這種習慣的了，對於作品，我開始非常非常非常地斤斤計較。這樣有多久了？不知道耶，忘了，不過至少也有四、五年了。

從本來定稿之後就絕對不會再更動，到現在是一天到晚在修稿子，就算已經把全書都交給如玉了，我還是會繼續改稿子，直到哪天在電話中，我很確定地跟她說：「對，就是這樣了，不會再改了。」她才會放心地開始她的編輯作業。

如玉當我的編輯不是一天兩天了，而是漫長的八年光陰。

對於我所有的改變與成長，她應該就是那個最清楚的人，而且我很確定她曾經在心裡OS說：「這個吳子雲愈來愈皮！」

是啊，我真的是愈來愈皮。皮到我好像很放任我的改變，而且不太擔心如玉（或者說是出版社）不接受，雖然她有時候會很哀怨地說「拜託吳大爺您行行好」、「求求吳董您幫幫忙」之類的話，提醒我不要真的有太大的改變，但是我的耳朵好像有問題，總是左耳進右耳出，完全沒在聽。

如玉真的很可憐。

其實我何嘗不知道我的任性，從一九九九年開始到現在，我一直都是個任性的人。不過我的任性不在個性與行為上，而是在創作上。

我相信某種程度的任性可以讓我達到某一種境界，當然這種境界不是指成仙成佛，也不是變成什麼偉人或是文學界巨擘的那種，我所說的是愈趨成熟、愈能掌握創作力道的境界。

一種生命與生活同步啓發與反省的境界。

我說的好像太艱深了，讓我簡單地解釋一下。

今天早上，我七點起床，七點半梳洗完畢出門買報紙吃早餐；到了早餐店，我點了一個漢堡蛋，外加一杯大杯的冰奶茶，坐在早餐店裡一邊吃一邊把報紙看完；回到家後連上網路，吸收一些新資訊；接著打開電視，轉到新聞頻道，看看今天又發生了哪些無聊又噁心的事；最後開始寫我的稿子，或是做我這一天的工作，一直到晚上，洗完澡上床睡覺。

上述內容中，請問你看到了什麼？

吳子雲的一天？是的，你的答案並沒有錯，那確實是我的一天，那是我不在趕稿期、不在緊繃工作期時的一天，很輕鬆愜意。

從前的我也是這麼想的，那不就是一天的生活嗎？簡單、輕鬆又帶點無聊。但我的任性讓我開始對這樣的「生活」有了新的「生命」定義。

就拿早餐來說好了，一個漢堡蛋加一杯大杯冰奶茶，不就是一份早餐嗎？但我現在的看法卻是：那是我這一天生命的開始。

其實這不是什麼大啓發，也不會引起什麼深刻的反省，不過卻讓我能更清楚地看見所謂「活著」跟「過日子」的差異在哪裡。我喜歡感覺是活著，而不單單只是在過日子，因為過日子大家都會，但可沒有多少人能真的體會「活著」的箇中滋味。

我這個人是沒有任何宗教信仰的，因此我對於每一個宗教，或是每一個派別都沒有特別的感覺。

但我卻非常非常崇拜過世不久的聖嚴法師。

並不是因為聖嚴走了，所以我才開始崇拜他，從知道他的存在到他去世，他一直都是我景仰的對象，這份崇拜持續了至少有七、八年的時間。

奇怪的是，我並沒有因為崇拜他而信仰佛教，對我來說，神佛的存在並不在我們認知當中的那些名字，如觀世音或如來等等的，那只是我們渺小地如此認為，而神佛豈是無知的人類所能理解的。

既然如此，我為什麼崇拜聖嚴法師呢？

因為對我而言，他就是一個任性的代表。我認為他把所有事情都當作生命的一部分，因此，即便面對的是再細瑣、再微不足道的事情，他的態度都是一樣。

我想很多人都看過他拍的一支廣告，那是法鼓山基金會的勸世廣告，他說：「多想兩分鐘，你可以不必自殺。」這個廣告是在好幾年前播出的，從很多年前，社會上開始有許多人為了隨便什麼因素自殺的時候，他就已經說過這句話了。或許從較淺顯的一面來看，他這支廣告只是勸人愛惜生命，不要自殺。

不過在我看來，他卻是說了一件更有趣的事，就是「活著」。

我認為，他那句話的真正意義是：「任性地看待每一件讓你痛苦的事，任性地把那些讓你想自殺的事想得快樂些，這樣的任性能拯救很多生命，包括你自己的。」

就因為他無意間告訴了我這樣的任性，使得我在這幾年的創作裡，一直都非常任性地找如玉的麻煩。

包括這一本《流浪的終點》。

我根本就不把《流浪的終點》當作是一個故事，因為它被我的任性寫成了一篇篇能獨立出來的散文，用比較專業的名詞來說的話，它是一部「散文式小說」。

我這輩子第一次用不到五萬字的篇幅寫完一部長篇小說，這是一種任性。因為我喜歡散文的自由寬廣與獨特，你可以把一篇散文當作一個故事在寫，也可以寫好幾千篇散文來說一個故事，不管它們之間的分開與結合，它就是一個故事，也是好幾千個故事。

所以我故意用寫散文的分式來寫《流浪的終點》。

而我的任性在這樣的改變裡得到了安慰，就連裡面的故事連結跟結局，也是我的一種任性表現。我認為每一個人都在流浪，但卻沒多少人能知道自己的終點。往往兜了很大一圈，辛苦了好久好久，卻覺得什麼都沒有得到。帶著一身的疲累、失落與無奈回來之後，才發現：「原來終點這麼近！原來我要的這麼簡單，而且早就已經擁有了！」

我從十年前就開始在自己所創造的每一篇小說裡流浪，這期間我一直在尋找所謂的創作的頂點、尋找屬於我自己的巔峰，那感覺像是在爬一座山，而我在爬山的過程當中，還會不停地問自己：「這真的是我要爬的那一座嗎？會不會其實有其他的山比這一座更高、風景更好呢？」

回頭想一想，我真是個笨蛋。

因為我早就已經在爬山了，我早就已經擁有了這座山。

不管這座山有多高或是多低，現在的我就是任性地相信，它就是我的山啊。

吳子雲　寫於二〇〇九年三月初春的某個凌晨　台北

就這麼過去了

有時候我會慶幸生命中有他們兩個人的存在，
那像是特別安排好要照顧我的兩個天使。

我一直希望有機會能替他們做點事情，或是給他們一些幫助，
或許在他們迷惘困惑的時候，我可以提供一些意見；

或許在他們失意落寞的時候，我可以傾聽他們的心聲。

只是，好多好多年過去了，我到了溫哥華，他們留在台灣。

他們的很多事情我沒有參與。

結果，就這麼過去了。

01

飛機降落前的五分鐘，空中小姐用廣播再一次提醒所有乘客把安全帶繫好、收好桌子、豎直椅背、手提行動電話仍然不能開機……等等的。

我此刻的心情非常複雜。

飛過了整個太平洋，抵達台北的時間是清晨五點鐘，飛機正在海峽上空，下方的海面上有一點一點的亮光，那是船隻的燈光，這時的大海看起來像夜空，船隻的燈光就像是星星。

十多個小時的飛行，在空中遇到了幾次亂流。

我本來想好好地睡一會兒，卻怎麼也沒辦法進入夢鄉。空中小姐偶爾來詢問我是否需要一些什麼，因爲她們記得我從上飛機之後就沒有吃過任何東西，甚至連喝水也沒有，而我只是搖搖頭說「謝謝，不用了」。

我不是不吃，也不是不喝，是我極度難以形容的心情讓我沒辦法吃下

任何東西。我不知道該用什麼形容詞來描述我的心情。

是焦慮嗎？不是。是緊張嗎？不太像。是興奮嗎？說不上。是不安嗎？這個比較接近一點。

我心裡一直有一種難以壓抑的情緒，像是土撥鼠一樣，三不五時從地上竄出來，一會兒又鑽回去。

我的旁邊坐了一個女孩子，我不得不佩服她，因爲她吃了三份空中餐點、看了四部電影，直到即將降落的此刻，始終沒有露出疲態。

而我眞的好累啊。

窗外一片黑暗的角落出現一整排橘紅色的光點，天上還有一條彎得像白色香蕉的月亮。「終於看見許久不見的台灣了。」我兀自說著。

算一算，我離開台灣六年了。

我從來沒想過我能這樣離開台灣六年，從來沒有。

台灣，我回來了。

那是我第一次遇見妳。

02

我很愛動畫跟漫畫，非常愛。

小時候，我曾經跟朋友說過，想要天下無敵，只要有三樣東西。

他們問：「是錢、錢、錢嗎？」我罵他們膚淺！

「是小叮噹、小叮噹、小叮噹。」我說。

他們覺得奇怪，只要有一隻小叮噹就可以天下無敵了，爲什麼非得要有三隻不可？我說因爲那是機器貓，總會有壞掉的一天，所以要有三隻以備不時之需。

「如果三隻都壞掉了呢？」朋友好奇地問。

「你是白癡嗎？」我有點受不了地回答，「我怎麼可能讓三隻小叮噹都壞掉？其中一隻壞掉的時候，我就會叫另外兩隻去修理啦。」

「想得這麼周到啊？」

「那當然。」我驕傲著。

「那你的小叮噹在哪裡？拿出來看看。」

「……」

「哈哈哈！」他們大笑，「醒醒吧，神經病。」

是啊，本來就沒有小叮噹這種東西，我本來就該醒醒。

但是誰小時候沒做過這種愚蠢的夢？即使我一點都不覺得這個想法很愚蠢，即使我一直認爲那是一種很美麗的單純。

我眞的很愛動漫。

爸爸曾經告訴我一件我小時候的事，這件事發生在我大約七、八歲左右的時候。

那天，我在學校生病發高燒，但是小孩子個性貪玩，也不管身體是不是不舒服，所以我沒說，老師同學也都不知道。放學走路回家的路上，我已經快要昏倒了，不過心裡想著回家後有卡通可以看，竟然因此撐到進家門。

到家之後我也沒休息，接著看無敵鐵金剛跟科學小飛俠，終於看到昏

我喜歡妳的聲音、妳的馬尾
還有妳笑起來的樣子。

倒，送到醫院時發燒將近四十一度，醫生說再慢幾個小時送來，就會併發肺炎跟腦炎，然後我就可以「扛去種」，也就是死了埋起來的意思。

「沒看卡通就會死。」爸爸這麼跟我說，他說那是我自己說的話。

然後好多年過去，我已經長大了，不變的是，我最大的興趣還是漫畫跟動畫。我把課業之外的所有時間都拿來學畫漫畫跟研究動畫，不管是日本的還是美國的，只要是漫畫跟動畫，我全都有興趣。當然也包括一些低級的色情動漫。

不得不說，有些色情動漫的作者，雖然他們的作品因爲道德觀念的因素而比較不被接受，但他們的畫功跟編劇的功力眞的是天才級的。

國、高中六年的時間，我除了念書，幾乎都是在漫畫店度過的。那時候有一種專門賣漫畫跟製作漫畫用品的店，叫作「漫畫便利屋」，我在那裡花光了我所有的零用錢，老闆看到我就好像看到新台幣走進來一樣。

「老闆，請問 CLAMP 的新布掛什麼時候會來？」

「老闆，請問桂正和明年的年曆出來了嗎？」

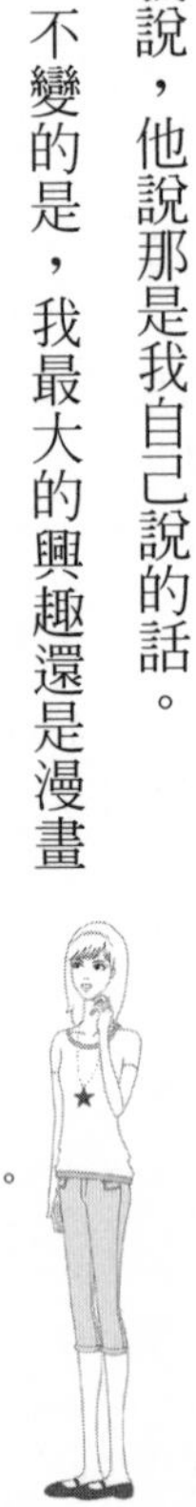

對不起，我不能收下。

「老闆，請問北斗神拳劇場版的錄影帶到了嗎？」

「老闆，請問變形金鋼精裝本是不是已經上市了？」

這種對話是我跟老闆之間的家常便飯，對我來說，這些東西比我吃的飯還重要，我可以不吃飯，但周邊商品不能不買。

動漫的周邊商品通常所費不貲，就拿布掛來說，一張海報大小的布掛大概價值兩千到三千塊左右，重點是布掛下方會貼一個小小的四方形的證紙，還有雷射貼紙，目的是爲了防僞，有貼的表示是原版正品，沒貼的就是盜印的假貨。

而我房間裡的每一個布掛都是眞的。

不管是布掛、海報、年曆等等都一樣，全部都是眞品。

在那家漫畫便利屋消費了好幾年之後，有一天，老闆跟我說，他沒看過像我這麼愛動漫的高三生，明明我應該要很緊張大學聯考了才對。

他說完我才發現……

他、媽、的，我、已、經、高、三、了！

請收下我送妳的禮物！

當很多同學都在想著自己將來要念什麼科系時，我其實很無所適從，因爲我清楚知道我的興趣是什麼、我想學習的是什麼，但台灣的大學卻都沒有設立相關科系。

我的成績不差，可以考上不錯的大學，但是上了大學又如何呢？念了一堆自己沒興趣的東西、浪費四年的時間跟金錢之後，才再回到我追尋動漫的道路上嗎？

一直到有一天，CLAMP的布掛到了，老闆打電話到我家請我去拿。

我到了店裡、付了錢、看看布掛有沒有破損、確認證紙跟雷射貼紙是不是貼在該貼的地方，然後我說了一聲謝謝，轉頭就要離開。

老闆看我若有所思，問了一句「怎麼了」。

我說我根本就不知道要選填什麼科系，爲此我很煩惱。他說別煩，好好地念書，把大學讀完，最好是把電腦學好。

「因爲，加拿大溫哥華有很多動畫公司，許多世界一流的動畫都是從那裡誕生的。」

謝謝你，我很喜歡阿尼，
但我還是不能收下。

17 ——流浪的終點

大學聯考前沒幾天，老闆引爆了我的夢想。
就像拿了一張地圖，用手一指，告訴我那裡就是我的目的地一樣。

目標定了，勇往直前。

請收下我送妳的禮物！

03

會跟屁仔還有小陸變成室友，其實是一個巧合。

那是大學生涯的最後一年，狗屎運旺盛的我還是抽不到學生宿舍。而我白天念書，晚上打工所賺到的一點點微薄的薪水，只夠我支付在台北的生活開銷。

學費呢？打電話回家跟媽媽說：「媽，要繳學費了。」

租屋費呢？打電話回家跟媽媽說：「媽，房東說要收房租……」

有時候生活開銷大了一點，像是交了女朋友或是跟同學一連夜唱數天，我就得開始過著兩顆饅頭過一天的生活。如果剛好在這時候聽見女朋友說：「親愛的，今天我想吃牛排。」我就會在心裡OS說：「幹！吃三小牛排！」

我記得剛升上大四那年，因為忘了跟房東續租，導致房東以為我畢業

這阿尼好可愛，但我不能拿。

了，把我的房間租給一個學弟。房東說他很抱歉，我說沒關係，但是我現在沒地方住怎麼辦？他說快去找房子呀！

這不是廢話嗎？我當然知道要找房子啊，不然要找公園裡的涼亭嗎？

就在我爲了租屋問題煩惱不已時，班上的同學唬神跟我說，他有一個高中同學，對方有抽到學校宿舍，不過這個高中同學已經跟女朋友同居了，所以要把宿舍讓給別人，只是床位還是要登記他的名字，因爲他想收一點租金。

「他要收多少？」我問。

「意思意思，收個幾千吧。」唬神一臉輕鬆的模樣。

「兩千是幾千，九千也是幾千，那到底是要收幾千？」我又問。

「嗯，後面那個。」唬神故作鎮定地說。

「九千？」因爲受到驚嚇，我提高了一點音量。

「嗯。」他點點頭。

「幹！」我下意識地罵了出來，「叫他去搶劫比較快！」

「不不不，你先別激動。」唬神拍拍我的肩膀，「經過一番斡旋，我已經把他提出的數字壓下來了。」

「所以是多少？」

「嗯，八千。」

「幹！這算哪門子的斡旋？」我又罵了出來，「唬神，大家都是同學，你不要糊弄我！」

「好啦好啦，他說四千啦，我只是跟你開開玩笑嘛！」

唬神總是宣稱他只是開開玩笑，但其實那是他心裡早已經打好的如意算盤。還好大家都已經相處很久，知道他是這種會「從中賺一手」的人，所以我並沒有被他唬去；而對待交情比較好的朋友，他也比較不會眞的去「從中賺一手」。

看過唬神唬別人的手法，你就會打從心底了解，爲什麼同學們會給他取個「唬神」的綽號。

他總是能認識一些比較特別的人，例如某一間大公司的採購部門主

你有這個心，我就很高興了。
抱歉，我不能拿。

管，或是某某醫院的主治醫師，還有些層級大到例如中小企業的老闆，小到像光華商場裡面某一間商行的負責人。

「人脈，就是我的本錢。人脈有多廣，前途就有多寬。」這句話是唬神的座右銘，也是他時常拿來臭屁的。

別問我爲什麼他能認識這些人，因爲我也不知道。當然也不是沒有人問過他爲什麼有管道結交這些朋友，只是他的回答總是很邊緣、很輕描淡寫：「都是因爲緣分嘛。」

就因爲如此，他總是能利用他的人脈替他賺到一些利益，不管是金錢，或是另一條新的人脈。

他可以從大公司採購部門主管那邊得知，該公司將要重新採買五十部新的電腦，然後把這個消息透露給光華商場裡面專賣電腦的店家負責人，要負責人給他一個最低的報價，並且很明白地對負責人說：「我每一部要抽百分之一。」

負責人當然了解「給中間人一點紅包」這種做生意的基本道理，於是

他會把自己的利潤自動削去百分之一給唬神。

而唬神就會拿著這個報價單給大公司採購部門的主管，然後很明白地對主管說：「這已經是市面上最低的報價了，我保證你沒辦法再拿到更低的價格。」

採購部門主管理所當然會進行一波比價動作，但不管怎麼比，最後唬神拿來的報價單總是會讓主管滿意，所以很快地，雙方常會握手，恭喜成交。

這三方交易的過程中，每一方都拿到了他們要的利益。

電腦公司負責人要的是什麼？他要的是薄利多銷與大量的訂單，還有大公司往後的售後服務，所以少賺百分之一並沒有什麼損害。

大公司採購部門的主管要什麼？他要的是便宜的東西，因爲他的出發點總是以公司利益爲第一考量，買東西當然是愈便宜愈好。

而唬神呢？他當然就是要賺錢，但他把握的原則是不能賺太凶，今天他小賺一些，下次雙方再有交易機會，他又能繼續牽線，再賺一次。

假設一部電腦兩萬五，唬神一部賺兩百五。

賣五十部電腦的進帳是多少？請你自己拿計算機。

這件事是我親眼所見，是我陪著唬神到光華商場去訂五十部電腦的。

有時候不得不佩服唬神的交際手腕，更不得不佩服他在念大學的時候就開始了解並且落實所謂的「人脈經濟」。

唬神跟我說，像他這樣的人其實有很多，而且還有個用來稱呼這群人的專有名詞，叫作「掮客」。一個成功的掮客會在每一次牽線的時候好好地把握住下一次牽線的機會，所獲得的利益，最重要的不是錢，而是「名聲」。而一個失敗的掮客只會在意眼前這一筆可以賺多少，不僅會失去下一次牽線的機會，還會丟掉名聲。

「其實我最佩服的是剛上大學就開始玩股票玩基金玩期貨的那些同學，可惜我完全沒有那方面的頭腦。」唬神這麼告訴我。

所以，替不住宿舍的人出租床位，這種事情，只是他所有服務項目的其中之一而已。而且據說，不只是男生宿舍，連女生宿舍他都能從中媒介交

請收下我送妳的禮物！

易、收取佣金。

問他這樣仲介宿舍可以賺多少錢？他只是「嘿嘿嘿」地笑著。

就這樣，我住進了唬神的高中同學抽到的那一間宿舍，一個月付他同學四千塊。然後在住進去的第一天，我遇見了屁仔跟小陸。

我真的認識唬神。

04

我記得我剛到溫哥華的時候，時值寒冷的冬天。

我一個人，帶著所有的積蓄，還有兩大箱的行李，搭上深夜十一點五十五分的長榮〇一〇班機，從桃園機場起飛，沒有經過轉機，直飛溫哥華。

那是一個陌生的地方。

從飛機上小小的窗戶看向外面，溫哥華的機場跑道兩邊堆積著厚厚的白雪，機上廣播講的是英文跟法文，空中小姐在說什麼我不知道，因爲我心不在焉。

過了溫哥華國際機場的海關之後，我走向提領行李的轉盤。有許多跟我同班機的乘客也一樣在等待著自己的行李從轉盤口那裡被吐出來。等候行李的時候，我聽見了中文、英文、日文還有廣東話的交談聲，每個人都在聊天，每個人都有笑容，彷彿是在慶祝這超過十個小時的飛行終於結束。

請收下我送妳的禮物！

而我只有一個人，沒有人跟我說話，也不會有人跟我說話。對他們來說，我是陌生人；對我來說，他們也是素未謀面的人們。

那是一個陌生的地方。

台灣是不下雪的，我是說平地。

所以當我站在入境大廳的出口時，那從空中緩緩降下的白雪，足足吸引我站在原地發呆了十幾分鐘。

我當時心想，如果這時她也在我身邊，她的驚嘆一定會比我更多，她的喜悅也一定會立刻表現在臉上。

「是雪耶！真的是雪耶！」我想她一定會這麼說。

而陌生的地方對她來說一點也不會陌生，她總是能很快地適應新的環境。

我從口袋裡拿出一張寫著地址的紙條，那是在台灣時就已經找好的住處地址。在電話裡跟房東太太確定我什麼時候抵達的那天，我講了這輩子講過最痛苦的一次電話，因爲她是一個香港人，她的中文有很重的廣東腔，我

一整個聽不懂。

我拿著紙條，問了在機場裡的服務人員，他們說，我得搭 98B-Line 的公車到市區，然後再換搭二一〇號公車，才能到我要去的地方。

這是一個陌生的地方，而我是個陌生人。

嗨！溫哥華。

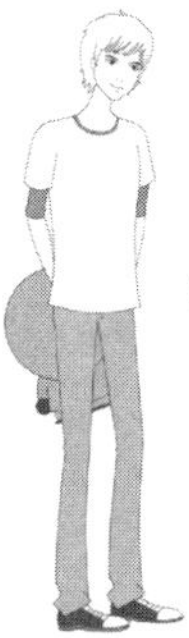

05

「騎著哈雷機車在外面流浪，感覺有比較好嗎？」

這是屁仔跟小陸看完一部美國片後的心得。

我跟他們認識的第一天，他們用電腦看了一部電影。電影描述的故事是，一群有著音樂夢想的哈雷機車族，背著簡單的行囊跟一把吉他，在美國各個州之間穿梭駐唱。

原本他們開著一部車子，周遊在各州之間，不過車子眞的太破了，車頂跟車門都已經鏽掉，車身上面到處都是凹洞和撞到的痕跡，車燈還壞了一盞，像是瞎了一隻眼睛。有一天他們走進一家酒吧，跟老闆談駐唱的可能與條件時，卻被幾個哈雷族嗆聲，看起來雙方應該會打一場群架的，最後劇情一轉，兩方人馬挑了一場撞球，嗆聲的哈雷族贏走了擁有音樂夢想的哈雷族的車子。

然後他們就改騎哈雷了。

看到這裡，屁仔罵了一聲幹，說這部電影有夠難看的，但他的眼睛卻沒有離開電腦螢幕。因爲跟他們剛認識，在不算太熟的人面前，我是比較含蓄的，所以我也就沒有說話，繼續看著那部戲。

片中的演員，我們一個也不認識，電影的結尾更是爛得可以。

屁仔問小陸這片子是從哪裡拿來的，小陸回答是在交誼廳撿到的。

「這麼難看，難怪會被丟掉。」屁仔下了個結論。

屁仔跟小陸，其實是雙胞胎兄弟。

他們兩個的出生時間相差七個小時，不過生日卻差了一天。因爲一個是夜裡十點鐘出生的，另一個則是隔天的凌晨五點鐘才落地。

他們兩個長得一模一樣——我知道這一句是廢話——不過我卻很快地找出分辨誰是哥哥誰是弟弟的方法。

小陸是弟弟，他比較胖一點；屁仔是哥哥，他比較瘦一些。小陸說屁仔本來跟他一樣胖，是在上大學之後狂看A片才瘦下來的。

不知道這個說法是不是屬實，我曾經問過屁仔這句話的眞僞，他只是笑一笑，卻沒有回答我。

「我媽說雙胞胎都會有心靈感應，是眞的嗎？」我也這樣問過他們。

「屁啦！根本就沒有！」屁仔嗤之以鼻。

「沒有心靈感應，但是有心靈感屁。」小陸說。

然後我繼續追問什麼是心靈感屁，小陸就一臉正經地指著屁仔，說：

「他放完屁之後，我很快就會聞到，所以是心靈感屁。」

聽完，我轉頭看了看屁仔，他一副非常驕傲的樣子。

「你是在驕傲個什麼鬼啊？」我問。

「驕傲我的屁天下第一臭。」他洋洋得意著。

我只跟他們當了一年的室友，卻因此成了一輩子的兄弟。

有些人會跟你相處很久，卻不會眞的成爲你的朋友。

問題在哪裡？不清楚。

爲什麼會這樣？不知道。

請不要這樣，我不能收你的禮物。

好像他們就該跟你認識，然後呢？是什麼讓你們成爲兄弟？沒有，就只是彼此認識，然後就這樣了。眞的就只是這樣。

又好像我在溫哥華的同事，我每天跟他們相處超過十個小時，卻幾乎不會在下班之後聯絡。通常上班時見到面就是簡單寒暄一句「Good morning」，然後在下班時說聲「Goodbye」，這種交情建立在每天兩次的Good上面，其實一點也Good不起來。

再進一步？沒有。

再親近一點？沒辦法。

再多了解一些？沒機會。

成爲莫逆之交？抱歉，對不起。

然後你就會發現，年紀愈大，雖然認識的人愈多，但能跟你親近的人數卻不會等比增加。

工作與交際之間不管有沒有產生人際交集，你都會不小心認識各行各業的人，因爲朋友會介紹朋友給你認識，新朋友又會介紹新朋友給你認識。

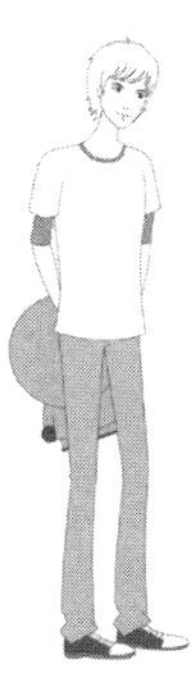

請收下我送妳的禮物！

最後，你會擁有一堆「朋友」，他們的電話號碼儲存在你手機的記憶卡裡，有時數量甚至多到令記憶卡空間不足，然後呢？過年過節、某些節慶，拿起電話想找人出來聊天喝咖啡時……

會接到你撥打的電話的，總是那幾個人。

爲什麼會是他們？因爲他們已經不只是朋友了。

我還記得我大四那年出了一次車禍。

我騎著機車，正從打工的地方回學校，路上大雨滂沱，視線很糟。因爲我在麥當勞當打烊班的工讀生，下班時間大概是凌晨兩點鐘。深夜車子不多，所以我騎得快了些。

全罩式的安全帽被雨淋得幾乎看不見前方，面罩上的雨滴被風吹得直往後跑，我看見的道路都因爲雨點的折射而顯得破碎。

然後我聽見一陣狗的慘叫聲，感覺到自己撞上東西，我的身體離開了座墊，同時手也鬆開了機車的油門。一陣天旋地轉之後，我重重地摔在地上，先著地的是我的左腳踝。

很抱歉，我已經有男朋友了。

劇痛讓我大叫出聲，眼角同時也擠出眼淚。我看著那隻肇事的狗一拐一拐地，還夾雜著幾聲哀叫，漸漸地離開我的視線。我馬上飆起一連串的髒話。

「幹！操你媽的王八蛋！你這隻王八狗！肇事還逃逸，幹你媽的！」

我扶著我的左腳，躺在因大雨而潮濕的馬路上，雨衣也掀起來了，牛仔褲也破了，我迅速檢查一下自己的傷勢，再摸摸自己的頭，「還好有戴著安全帽。」我心裡這麼慶幸著。

很幸運地，我並沒有傷到骨頭，但踝筋嚴重地扭轉變形，整個腳踝腫得跟山東大饅頭一樣大。醫生說這已經是很幸運的了，只不過我可能需要撐著枴杖，度過一個月左右的復原期。

我一共撐了四十多天的拐杖，腳踝腫了兩個星期才漸漸地消下去。

因爲床舖在書桌的上方，跟書桌是相連的，所以原本應該每天要爬上床舖睡覺的我，只好在地上打起地舖，而且幾乎每天晚上都會因爲變換睡姿而痛醒。

請收下我送妳的禮物！

在那段時間裡，屁仔跟小陸特別照顧我。

他們知道我晚上睡覺翻身會痛醒，所以拿了一條綁帶，把我的腳吊在爬上床鋪的梯子上；他們知道我沒辦法自己下樓梯，兩兄弟就每天輪流背我下樓梯；他們知道我有一些課的上課教室在比較高的樓層，所以會替我按好電梯；他們知道我身上有很多擦傷，不方便洗澡，就每天擰毛巾來讓我擦身體；等擦傷好了，他們就會等我一起去浴室洗澡，因爲他們知道我一隻腳不方便站著，所以要拿一張塑膠椅子讓我坐著洗。

我每天不用出門買便當就有便當吃，我的報告寫好了也是他們替我交到教授的研究室，甚至我的電腦壞了，也是他們替我搬去修，只差沒替我去麥當勞上班而已。

「還好你當時沒有要把妹，不然我們可能也要替你把。」多年之後，他們回憶起那時的往事，還這麼調侃我。

有時候我會慶幸生命中有他們兩個人的存在，那像是特別安排好要照顧我的兩個天使。我一直希望有機會能替他們做點事情，或是給他們一些幫

助，或許在他們迷惘困惑的時候，我可以提供一些意見；或許在他們失意落寞的時候，我可以傾聽他們的心聲。

只是，好多好多年過去了，我到了溫哥華，他們留在台灣。

他們的很多事情我沒有參與，結果，就這麼過去了。

有時候會在MSN上面遇見他們，台灣是白天，溫哥華是夜晚。

我問小陸：「屁仔好嗎？」他會說：「老樣子。」

我問屁仔：「小陸好嗎？」他會說：「老樣子。」

是啊，我們都是老樣子。很多年過了，我們也真的都「老」樣子了。

總是會有那麼幾個朋友永遠陪在你身邊，用「老樣子」等著你，甚至守護你。

回到台灣那天，是屁仔來接我的。他說無論如何都要來接我。本來小陸也要一起來，但是他們兄弟兩一起開早餐店，一定要留下一個人做生意。

清晨五點，接機大廳的角落站著一個熟悉的身影，我知道他是屁仔，但我卻叫不出聲音。他在看見我的第一眼時就笑了出來，感覺像是溫暖的太

一百種話術、一千種方法、
一萬種形式、一種結果。

陽。我不太會用什麼形容詞，我只知道他的笑容是溫暖的，我就用太陽來比喻他。就像我大學時有個教基礎微積分的教授，他的臉永遠都是臭的，被他教了一整年，從來都沒看他笑過，所以我偷偷地替他取了一個外號，叫作「大便教授」。

英文是「Professor Shit」。

上一次看見屁仔的笑容是六年前在桃園機場的出境大廳，我還記得那天有寒流來襲，整個台灣都受到影響。但是屁仔的笑容卻讓我忘了那一天很冷，也忘了我要去的目的地更冷。

幹，為什麼六年前那麼遠？

笑容是一樣的，六年的時間卻這樣過了。我不知道心裡在激動什麼，眼淚差點掉下來。是感動嗎？還是感傷？對不起，我分不出來。

「小洛，在國外流浪，感覺有比較好嗎？」這是屁仔見到我的第一句話。

突然間，我不知道該怎麼回答。我並沒有騎著哈雷機車，也沒有背著

一把吉他。我只是有一個動畫夢，然後就隻身到一個完全陌生的國家，跟陌生的人相處，做一些陌生的事情。

有時候我會問自己，我在追尋什麼？

不過通常沒有一個很明確的答案。

過了許久，我還是沒辦法回答他的問話。

因爲我在當下才發現，原來，這麼多年了……

我一直在流浪。

我一直在流浪……

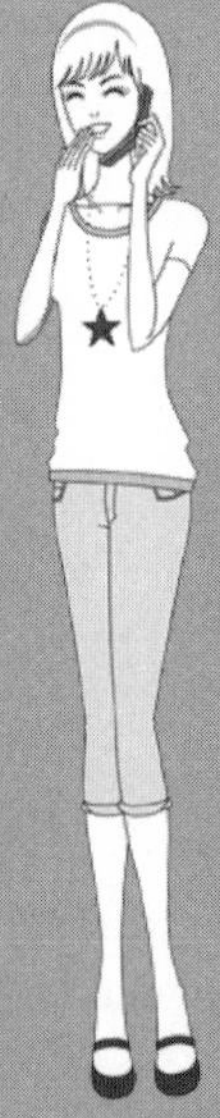

我很愛妳

著名的心理學家弗洛姆在名著《愛的藝術》裡面說到：

不成熟的愛是：因為我需要你，所以我愛你。

而成熟的愛是：因為我愛你，所以我需要你。

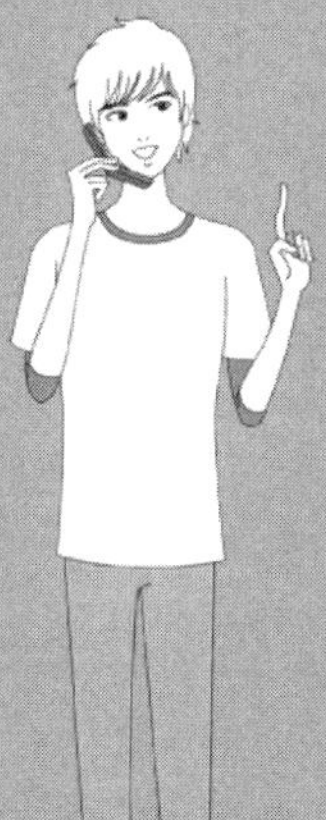

我從來沒想過我是不是需要妳，我只知道我很愛妳。

06

「當你明白自己的所有不明白，你的人生就已經沒有遺憾了。」

——吳子雲

這句話是一個寫網路小說的人說的，他講得眞好。

因爲人的一生中有太多的不明白了，所以，當有一天你發現自己明白了生命中所有的不明白時，人生就眞的已經沒有遺憾了。

你或許曾經不明白初戀女友爲什麼離開你。

你或許不明白當初要考大學的時候爲什麼不認眞念書。

你或許不明白某個朋友永遠不再跟你打交道的原因是什麼。

你或許不明白爲什麼會有結婚這種東西。

我們把問題想得更大更深一點。

你或許不明白爲什麼那麼多人過得很痛苦。

你或許不明白已經出家的和尚或是尼姑到底爲什麼要出家。

你或許不明白，一些偉大的數學家爲什麼終其一生都在研究一個平常用不到的數學題。

你或許不明白快樂到底該怎麼保存下來。

甚至你不明白人活著爲了什麼。

人的一生中，不明白的事情太多了，多到有許多人因此白了頭，因此失去了青春，因此在夜裡偷偷地哭泣，因此結束了生命。

然後你開始找爲什麼，卻發現一直找不到原因。最後只留下遺憾，而不明白的事情依然不明白。

就像小陸曾經問我，「小洛，我不明白你爲什麼這麼愛她。」

我回答不出來，因爲我也不明白爲什麼自己這麼愛她。然後我有了遺憾，小陸也有了遺憾。

這一次回台灣不算的話，我最後一次見到她，是在六年前，我出國的前兩天。

思念靜宜。

那天台北的氣溫只有十三度，天空的心情不太好。

我在星巴克的門口打翻了一杯咖啡，因爲我的手突然沒有了力氣。

「小洛，如果愛情可以等待，就不會有人失去愛了。」她說。

她一說完，咖啡就打翻了。

我們的愛情，也打翻了。

如果愛情可以等待，就不會有人失去愛了。

這首詩，是我們的開始。

07

屁仔是念建築的。

他說建築是動詞，表示一種行爲，而房子才是名詞。

打從史前時代，人類的始祖就已經學會建築，從住在山洞裡，到學會搭木屋，一直到萬年之後的我們，拿著鋼筋水泥蓋房子，建築永遠跟人脫不了關係。

「對，就跟大便一樣，跟人脫不了關係。」屁仔曾經這麼說過。

我有時候會搞不清楚他說話的邏輯，他舉的例子常常會讓你想個兩秒鐘，發現眞的沒什麼辯駁的空間，然後你才會在心裡點點頭說：「要這麼講也可以啦。」

我忘了有沒有問過他念建築的理由，不過他倒是說過，他本來是打算要當天文學家的，但長大之後發現，一天到晚對著一根冰冷的天文望遠鏡、

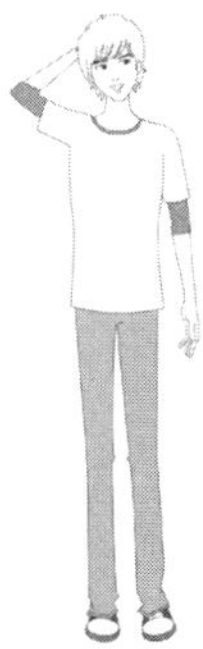

寫詩，是一種最美麗的說話方式。

記錄一些永遠摸不到的星星，感覺非常無聊。

「就像偷窺住在隔壁的女生洗澡，你每天都在記錄她洗澡洗了多久、用什麼牌子的洗髮精跟沐浴乳、昨天幾點洗澡、今天幾點洗澡之類的，但她明明早就已經有男朋友了。」

你看，他又用了一個很奇怪的比喻。

他告訴過我，他們班上只有四個女生，有兩個長得不錯，正妹率是百分之五十，這個比率非常高。「如果哪天突然地震，教室要垮掉的時候，隨手抓住一個班上的女生逃跑，有一半的機率會抓到漂亮的。」

「然後一起被壓在瓦礫堆下嗎？」我問。

「這有什麼不好？死了還有個正妹陪你。」

「我想她大概只會恨你，說不定她自己逃跑還會活下來。」

「自己跑就不淒美了，你看，我跟她一起殉情，兩個人爲了活下來，拚命地逃跑，結果房子塌了，我跟她手牽手一起斷氣，啊……多淒美啊！」

「結果垮下來的天花板只砸到你，眞是恭喜。」我偷笑著小聲說。

愛情是 happened 。

然後被他踹了一腳。

其實屁仔也不是個一天到晚都在胡思亂想的無聊男子，他也說過一些還不錯的話。他說「建築」兩個字之所以是一個動詞而不是名詞，其實跟「人」有關。

「除了自然界的一切，這世上所有的東西都是人去建築起來的，雖然金字塔有外星人來作弊的嫌疑。不過……」

「不過什麼？」我問。

「蓋有形的東西對人類來說一點都不難，但是蓋無形的東西就比蓋有形的東西難上幾百倍了。」

「例如？」

「人際關係，也就是我們常說的兩個字：感情。」

「我的天，這個狗屎蛋難得說了一句漂亮的話。」我心裡如此驚訝著。

就在我不小心露出佩服的表情時，「這句話不是我說的，是我弟說的。」他補上了這句話。

感情是 built。

如果這句話是小陸說的，那我就覺得很正常。

因爲小陸念的是心理。

我記得某天晚上，大學生都很討厭的期末考前夕，寢室裡只有我跟小陸，至於屁仔則不知道跑去哪兒玩了。

那時有個歌手叫熊天平，他剛出道的第一首歌叫作〈愛情多惱河〉。

那首歌好聽，而且琅琅上口，只除了Key有點太高。

大學生通常都很無聊，改歌詞便是其中一個無聊到極致的代表作爲。

當時正值期末考的生死關頭，網路上便有這首歌的改編：

「我不停地追逐，那all pass的幸福，就像是蒙上眼睛騎車去撞樹。

我看書看到出汗，考試卻零分鴨蛋，被當掉之後找教授罵聲幹。」

因爲改得太好了，我唱了一整天，唱到晚上還在唱。正當我唱得忘我時，小陸問我：「喂，你已經罵了一整天的幹了，別再唱了。我問你，你知不知道佛洛依德是誰？」

「嗯？佛洛依德？好熟啊……」我思考了一會兒，「啊！是不是其中一

為什麼你還醒著？

隻忍者龜的名字？」

「忍你個龜苓膏！」小陸有點受不了，「忍者龜裡面沒有佛洛依德好嗎？」

「那不然裡面有誰？」

「有達文西、米開朗基羅、拉斐爾跟……」小陸搔了搔頭。

「多納太羅？」我說。

「對！」

「眞的沒有佛洛依德耶。」

「沒錯！哼哼！」小陸雙手交叉在胸前，一臉得意地望向遠方。

大概過了三秒鐘，我們互看一眼，然後異口同聲地喊著：「那我們剛剛本來在討論什麼？」

小陸說佛洛依德是他最喜歡的心理學家，佛洛依德並不是出身傳統心理學派，但他卻成爲心理學史上最偉大的心理學家之一。

「而且佛洛依德的生日跟我同一天，都是五月六號。」

因為我在想念妳。

「喔，所以呢？」

「所以我也會變成偉大的心理學家。」

「並不是生日一樣就會有相同的命運，好嗎？」我潑他冷水。

但是小陸並沒有理我，繼續說著佛洛依德的故事。

「佛洛依德的爸爸是一個很『那個』的人。」

「喔。」

「佛洛依德的媽媽才十九歲就懷孕了，二十歲就生了佛洛依德，由此可見他爸爸是一個很機車而且喜歡幼齒的人。」

「喔。」

「佛洛依德非常聰明，十七歲就進入維也納大學的醫學院，但是爲了研究醫學跟科學，四年可以念完的書，他花了八年才念完。」

「喔。」

「所以佛洛依德是偉大的心理學家。」

「啥？」我一整個沒辦法把他的前後句拼湊起來，這實在沒什麼關聯

我很想念你、我很想念你、
我很想念你……

性，「爲什麼？我聽不懂。」我皺著眉頭。

「因爲我可能會把四年能念完的心理系，當成是五專來念。」他說。

瞎扯什麼啊！會被當就會被當，會重修就會重修，幹麼拿佛洛依德來當擋箭牌啊？

然後我看著他把自己的原文書拿起來，一頁一頁地撕下內文，我驚訝地問：「你在幹麼啊？」

「我們來做天燈吧。」他提議。

「天、天燈？爲什麼？」

「讓老天爺看一看這種書有多難讀，說不定老天爺會幫我 all pass。」他很認真地說。

幹！他已經瘋了。

只見他把撕下來的書頁一張張黏起來，黏成報紙的大小，然後他跑出寢室，沒多久後又拿了一小捆鐵絲進來。然後他把鐵絲彎一彎折一折，再把紙黏上去，沒多久就做出了一個天燈。

我們的寢室在六樓，他點起了火，把天燈從寢室窗戶放出去，本來以爲它眞的會飛起來，結果因爲鐵絲太重，天燈飄啊飄的，一路往下降，落在幾十公尺外的大榕樹上。

「幹！完了！會不會火燒樹？」我心裡焦急著。

「幹！完了！爲什麼我會撕我的書？」他心裡焦急著。

我們很快地衝下樓，用最快的速度跑向那棵榕樹，想辦法把那該死的心理學天燈弄下來。

因爲當時我的腳踝才剛痊癒不久，跑得有點慢，小陸在我前面一直頻頻回頭看我，喊著：「快啊！小洛！快啊！」

我跟他站在榕樹下，看著持續燃燒的心理學天燈，眞的很擔心會火燒榕樹。

黑夜裡，樹上有一團燃燒的火，自然引起了很多路過同學的側目，路過的人都問說：「那是在燒什麼啊？」

我們只能一臉正經地一一解釋。

我知道你有些話沒有說。

「我們在測試，當地面濕度超過百分之六十五的時候，用攝氏兩百多度的火來燃燒，會持續燃燒多久。」小陸說得煞有其事。

「啊……」聽他屁了這麼一段，我當場傻眼。

「但是實驗失敗，改天可能要重來一次。」小陸的表情更正經了。

「對對對，實驗失敗。」我也跟著附和著。

那些路過的人沒再多問，看了我們幾眼就離開了。還好那些紙比較不耐燒，很快就化成黑灰，火沒燒多久就滅了，並沒有發生火燒樹的意外。

我們走到旁邊的販賣機，投了兩瓶可口可樂，坐在榕樹下喘口氣，平撫驚魂未定的心情。

「你剛剛眞能屁，講得跟眞的一樣。」

「幹，不屁眞一點，等等有人跑去打小報告，我們就完了。」

「差點變成縱火犯。」我說。

只見小陸聳聳肩、吐了吐舌頭，「路邊一棵榕樹下，是我放火的地方……」可樂才剛打開，小陸就唱起余天的歌來了。

我有些話沒有說。

「……」

「你知道其實我最欣賞佛洛依德什麼嗎？」說完，他喝了一口可樂。

「跟你同月同日生？」我也喝了一口。

「不是。」他搖搖頭。

「不然呢？」

「他在一八八二年跟他的女朋友訂婚，卻在一八八六年才眞的跟她結婚。這將近五年的時間裡，他一共寫了四百多封情書給他的女朋友，那段時間裡情意不減。」

「所以你欣賞的是？」

「那才是眞的愛情。」小陸說。

「愛情是 happened，感情是 built。」

是那些關於離別的吧？

08

小陸說：「那才是眞的愛情。」

聽完的當下，我深深感動。我認爲那是對愛情最美麗的讚美，表示這樣的愛被認可，這樣的人能感動每一個人。我期許著有一天能在小陸的口中再一次聽到這樣的話，而他所說的對象是我，不是佛洛依德。

然後隔年，我遇見了妳。

著名的心理學家弗洛姆在名著《愛的藝術》裡面說到：

不成熟的愛是：因爲我需要你，所以我愛你。

而成熟的愛是：因爲我愛你，所以我需要你。

我從來沒想過我是不是需要妳，我只知道我很愛妳。

所以對弗洛姆來說，我的愛是成熟的，還是不成熟的呢？而佛洛依德對未婚妻的愛，是成熟的，還是不成熟的？

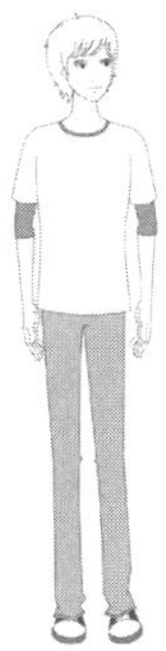

我對心理學的了解有限，所以無法探究這個問題。對我來說，不管是弗洛姆還是佛洛依德，他們所說的愛和認可的愛，都不是我能了解的。

我只是一個很普通的人，大學念的是資管系，平常打打籃球跟游泳，或是到棒球場去看職棒，晚上上BBS跟網友打屁，寫程式大概是我唯一的專長，而做動畫是我唯一的夢想。活到二十二歲、大學快畢業的時候，聽見教授對我說一句「你很有寫程式的天賦，對於資訊方面的敏感度非常好」，就整個人爽到畢業典禮。

每天早上起床第一件事就是連上BBS，然後一邊刷牙一邊看討論區的文章，看到好笑的內容還會不小心一個噗嗤，把牙膏的泡沫噴到螢幕上面。有課就去上，課太無聊就睡覺或是蹺掉，報告永遠都是班上第一個交的，教授說我的報告內容有夠難看，但念在我都非常準時交作業，就給我一個低pass。

我宅在宿舍裡面的時間比在宿舍外面的時間多兩倍，因為宿舍的生活多彩多姿，不管是自己寢室裡的事，還是別人寢室裡的事，通通都能讓我笑

破肚皮。屁仔跟小陸是我這輩子說過最多話的對象，而我們最常用的字彙是「幹」，尤其是我們在玩《世紀帝國》的時候，這個字更是不離口。

世紀帝國是一種連線遊戲，不管是美術或是遊戲設計，品質都是一流。而且裡面有一種很可愛的語音系統，如果你用滑鼠點了一個伐木工，語音系統會說「伐木工」，如果你不小心快速地連續點兩次，語音就會說「伐伐木工」，如果這時你發現這個語音還挺好玩的，連續快速地點三次的話，語音就會說「伐伐伐木工」，以此類推，點愈多次，講愈多次。

屁仔跟小陸很喜歡玩這個連續按的遊戲，每次都會聽到他們的喇叭裡傳來「伐伐伐伐伐伐伐伐伐伐伐伐木工……」，我爲了罵他們手賤，所以我都會連續點建築工。

有時候到網咖去跟別人對戰，對方四個打我們三個，我們還是能在談笑風生當中，輕輕鬆鬆地幹掉別人，只差沒有去報名世界電玩大賽罷了。

但是隔年，我遇見了妳。

小陸那天晚上放天燈時許的願好像奏效了，他並沒有被當掉。大四上

學期，他低空飛過了所有的科目，屁仔因此送了他一塊匾額，用他非常爛的毛筆字在上頭寫上「好狗屎運」四個大字，然後把匾額放在寢室門牆上面，當作是橫批。

隔壁寢的大牛跟安哥不知道是太無聊還是怎樣，在門的兩旁加上一副對聯，寫著「生平不知當掉為何物」、「只求歐趴後以身相許」。於是當時all pass的，我、屁仔跟小陸，三個人通通被抓去以身相許，因此發生了六三四事變。

所謂六三四事變，也就是把我們三個抓去廁所那根最大的柱子阿魯巴，他們一邊阿魯巴，嘴裡一邊大喊著：「幹！看你們還敢不敢all pass！」而六三四是我們的寢室號碼。

那是一個連all pass都會有事的年代，眞他媽的該死……

然後隔年，我遇見了妳。

研究所放榜時，我跟屁仔還有小陸都說好不上網看榜單，也不可以打電話回家問有沒有收到錄取通知。結果我作弊，我趁他們兩個不在的時候上

如果哪天我離開你了，你會有什麼感覺？

網偷看，不看還好，一看差點受不了。

那天晚上一起吃飯時，他們看出我有心事，一番追問之下，我承認我看了榜單，回到寢室之後，我差點變成天燈，從六樓被丟下去，因爲他們說，都是因爲我偷看，所以我們才會全數落榜。

是的，我們三個人都沒考上研究所，只有屁仔一個人撈到「備取第四名」。我不知道建築所的備取第四名有多難上，我只知道屁仔說，那是一個不可能有機會眞的被備取到的名次。

然後隔年，我遇見了妳。

很多時候都會不經意地想起大四那一年的一切，因爲我一直覺得大四那年是我大學生涯裡最快樂的一年，而那一年也影響了我往後的生命。

很多的瘋狂事都在那一年發生，只因爲我認識了兩個好朋友。

我們曾經在陽明山上放煙火慶祝這輩子第二十二個單身情人節，結果被陽明山國家公園管理員追殺，因爲國家公園裡是不能放煙火的。

我們曾經在助教的車子上貼了寫著「你好帥」三個字的紙條，結果反

……哪一種離開？

而被助教威脅，說他要請教授當掉我們，理由是我們「太誠實」。

我們曾經在宿舍一樓的電梯門口貼上「故障，請爬樓梯」的告示，然後在一樓轉二樓的樓梯口貼著「跟你開玩笑的，去搭電梯吧」。結果比對筆跡之後，我們三個的嫌疑大到洗不清，但我們說好打死不承認，沒想到屁仔這個死胖子突然噗嗤笑了出來，馬上被識破，結果發生第二次六三四事變。

而大學生最喜歡玩的「跟你打賭，如果我輸就怎樣怎樣」的遊戲，我們當然也不會缺席。最無聊的一次，是跟隔壁寢的大牛和安哥打賭，宣稱我們可以在三十秒內吞下一碗白飯，完全不需要喝湯配菜或是拌醬油，要是輸了，隔天中午要在脖子上掛著「你看不到我！你看不到我！」的牌子，到學校大門口去站半個小時。最後誰去站？答案是五個人。我、屁仔、小陸、安哥跟大牛。因爲我們沒有人能在三十秒內吞下一碗白飯。

然後隔年，我遇見了妳。

我一直覺得遇見妳就跟遇見屁仔和小陸一樣，都是一個巧合。因爲如果不是那一場大雨，還有那兩隻阿尼，我就不會認識妳。既然不會認識妳，

如果是死了呢？

也就不會有後來的事情，更不會有跟妳在一起的快樂，還有跟妳在一起的傷心。也就不會在成功嶺新訓的時候想妳，不會在下部隊的時候想妳，不會在喝咖啡的時候想妳，更不會在冰天雪地的溫哥華想妳。

然後隔年，我遇見了妳。

然後到現在的然後，我很想妳。

然後隔年，我遇見了妳。

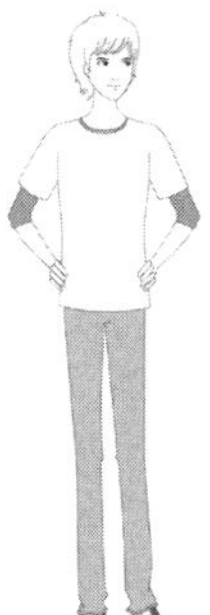

我應該會哭到不行吧。

09

我第一次看見雨刷正在刷著的不是雨，而是雪。

感覺很神奇。

計程車停在房東太太的家門口，時間是晚上八點。

本來我是要搭公車的，但是我找不到二二〇號公車的站牌。我從機場搭乘 98B-Line 到了市區，下車之後我就不知哪裡是天南哪裡是地北了。

我拉著兩個大行李箱，天空正飄著雪，我不知道下那樣的雪是大還是小，因爲我從來沒看過下雪。我手邊並沒有雨傘，所以只能獨自站在路邊「讓雪淋」，一下子往左邊看看，一下子往右邊瞧瞧。

路上的行人很少，跟台灣不一樣，溫哥華的市區一到了晚上就不像市區了。

我的每一次呼吸都伴著一陣白煙，我的肩膀上積了一層雪，我甩甩

頭，雪花會從頭上落下來，好新奇、好興奮、好冷。

對街有一家飯店，但是它的外觀看起來實在不像飯店。

門口站了兩個接待員，他們正在替一輛高級轎車上的乘客搬運行李。

我拉著行李走過去，把寫著地址的紙條拿給他們看，問他們，哪裡可以搭二一〇號公車。

他們指了一個方向，說往那裡走，走到底右轉就會看見站牌。

我說了謝謝，拉著行李去等公車。走到底了，我右轉；看見站牌了，我站著等。十分鐘過了，來了一部公車；三十分鐘後，來了第二部公車，卻沒有任何一班是二一〇。

在下著雪的溫哥華市區街邊，我一共站了四十分鐘，差點變成一支冰棒，從我穿著的衣服來看，應該是黑咖啡口味的。

我冷到一個不行，身體一直在打顫。我拉著行李走回那間飯店，那兩個接待員看見我時顯得很驚訝，我跟他們說我等不到公車，其中一個人很貼心地進飯店拿了一杯熱開水給我。

砰！

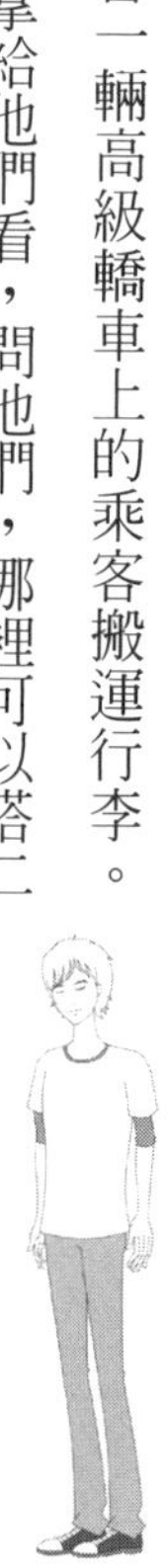

他們問我是從哪裡來的？我說 Taiwan。

「喔！那是一個非常溫暖的地方，你到這裡一定很不習慣吧？」他們說。

「是啊是啊。」我點點頭。

另一個接待員問我：「你們那邊騎一次大象要多少錢？」

這問題聽得我一頭霧水，幾秒鐘後我才反應過來，原來他們把 Taiwan 聽成 Thailand，泰國。

「抱歉，我說的不是泰國，是台灣。」我重複了一次。

他們問我那是哪裡，我說那是一個小島，在中國的右邊，菲律賓的上面。

他們一邊說著「喔喔喔」，一邊用力點了幾下頭，但是我敢打賭，他們還是不知道台灣在哪裡。

「那麼，先生，你要不要搭計程車？這時間公車都是三十分鐘或一小時一班的。」他們建議。

什麼是「砰」？

我點點頭，於是他們替我叫了一部車，上車之後，我把地址交給司機先生，他是一個中東人，頭上還包著頭巾。

計程車停在房東太太的家門口，時間是晚上八點。

那是一間很漂亮的房子，前後都有庭院，但庭院裡的小樹都被雪覆蓋了。

房東太太用中文跟我說，我住的地方有個四口電磁爐，一次可以放四個鍋子上去煮東西，但是電磁爐壞了，過幾天她會找人來修。

趁著房東太太停頓的空檔，我開口請她直接說英文，她用一種奇怪的眼神看我，但我不敢告訴她，之所以這樣要求，是因爲她帶有廣東腔的中文讓我聽得很吃力。

她帶我到我住的地方，那是一間很大的房間，有廚房、有客廳，浴室跟廁所是分開的，我睡的地方擺了一張單人床和一張桌子。她說這裡本來是車庫跟儲藏間，後來他們把這裡改建成房間，專門租給來溫哥華長住的外國人或是學生。

那是心爆炸的聲音。

我把前三個月的租金付給她，並且簽了租賃契約，她告訴我加拿大吃東西比較貴，要省錢的話，就要去超市買東西回來煮。然後我看了看那個四口電磁爐，她說那個壞了，過幾天會找人來修。

我知道，房東太太，妳說了第二次了。

她簡單地介紹了房間裡所有東西的使用方法，告訴我暖氣的開關在哪裡，還有垃圾該怎麼分類等等，最後把網路連線的密碼交給我。

「謝謝妳。」在她離開之前，我對她說。

她笑了一笑，往門口走去，就在我要關門時，她回頭問了我一個問題：「這裡這麼冷，你開始想念台灣了吧？」

妳知道嗎，靜宜，房東太太說錯了，我想念的不是台灣，而是妳。

是的，房東太太說錯了。

我愛你。

追求

我喜歡聽妳喊歡迎光臨，我喜歡妳的聲音，

我喜歡妳的馬尾還有妳笑起來的樣子，

和妳那一副戴起來像是國文教師的深色眼鏡。

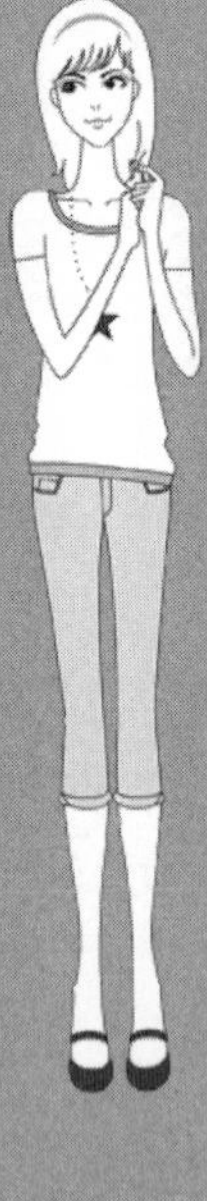

但妳並不記得我。

10

第一次看見妳那天，天氣很好。

我的頭髮很短很短，因爲我剛下部隊。

把軍人非常寶貴的放假時間拿去喝下午茶是一種非常奢侈的行爲。我的同梯都這麼跟我說。對他們來說，放假就是快點找女朋友去約會、吃大餐、看電影、唱KTV，或是找幾個朋友泡夜店、打麻將，反正只要做一些在部隊裡面沒辦法做的事就好。

「部隊裡也沒有下午茶啊。」我反駁。

「下午茶太悶了，有夠無聊。」他們異口同聲地說。

「對啊，下午茶太無聊了，去我家鄉的山上打獵也比喝下午茶好玩。」我的原住民同梯這麼告訴我。

聽完他的話，所有人無言。

可是，什麼上KTV泡夜店打麻將打獵等等的我都沒興趣，我就是選擇去喝下午茶。

因爲妳在那裡。

小陸的部隊在桃園，是砲兵。我的部隊在高雄，也是砲兵。只有屁仔在金門，是該死的步兵。

屁仔說抽籤那天他眼皮一直跳，而且不停地放屁，「那是一種非常不安的感覺。」屁仔說。結果他果然抽到籤桶裡唯七的金馬獎，兩百多個籤給他抽，他竟然抽到只有七張籤的金門。

「而且我還是前幾個抽的，幹！」屁仔恨恨地說。

「抽到金馬獎的當下是什麼情況？」我問。

「全場樂翻，所有人起立鼓掌。」

「哈哈哈哈！」我跟小陸也都笑翻了。

「他媽的起立鼓掌幹麼？當我是帕華洛帝演唱完畢嗎？」屁仔非常地生氣。

是的，我也是。

那一句帕華洛帝言猶在耳，屁仔卻早已經搭上船離開台灣，到了最接近大陸的金門，當起他的大頭兵了。

而我就是在那天遇到妳的。

那天，妳一直站在吧台裡，從我的座位看過去，妳的樣貌並不是非常清晰，只能依稀看見一個綁著馬尾的女孩正在吧台裡面忙碌著。

妳戴著一副深色的眼鏡，不時抬頭看著門口，只要門一打開，妳總是第一個喊出「歡迎光臨」。

咖啡館的生意很好，週末下午來喝下午茶的客人很多，或許是有做促銷的關係，蛋糕吃到飽，再加上一杯香濃的咖啡，竟然只要兩百元有找，我只能說你們老闆大概是做慈濟的。

咖啡館的音樂總是那個樣子，不是輕快就是悠長，不是帶點爵士就是裹著美式鄉村的味道。咖啡館裡的客人都開心地聊天說笑，就算是隻身的客人，也會帶著一本書，或是閱讀店裡提供的報章雜誌。

而我只是看著妳。

那得看是哪一種離開。

我以爲那頂從百貨公司買來的 Nike 運動帽不只可以替我遮去看起來很像菜兵的頭髮（事實上就是菜兵），還可以替我擋住偷偷看著妳的眼睛。但是我失算了。

第一次和妳四目相接，我不知道是哪一根筋斷了，竟然忘了把視線移開。

第一秒，妳只是看見我正在看著妳。

第二秒，妳稍稍睜大眼睛，像是確定我是不是正在看著妳。

第三秒，妳稍微歪著頭對我微笑。

第四秒，就像是突然想到什麼一樣，妳停下手邊的工作，然後往我的方向快步走來。

第五秒，妳依舊帶著笑。

第六秒，妳用圍裙擦了擦手。

第七秒，妳離我只剩下兩公尺的距離。

第八秒……

如果哪天我離開妳了，
妳會有什麼感覺？

「不好意思，先生，你需要什麼嗎？」第九秒，妳這麼說。

「喔！不……沒有，我什麼也不需要。」

「喔，所以你只是在看吧台嗎？」

「呃……」我感覺自己的臉正在發熱，「對啊，你們的吧台很漂亮。」

媽的，我眞不會說話。

「是嗎？謝謝你。如果你有什麼需要，歡迎隨時叫我。」妳說。

「嗯，好。」我點了點我那顆戴著帽子的笨頭。

我記得那天我買單花了一百九十九元，因爲那張發票我還留著。我本來想請妳在發票上面簽名，但是怕妳不理我而作罷。

當晚，我嚴重地失眠。

不知道翻來覆去多少回之後，我生氣地坐了起來，雙手用力地抹一抹自己的臉，然後深深一個呼吸，再用力嘆了一口氣出來。接著我躺回床上，看著天花板，幻想那裡有一座柵欄，然後開始數羊。

那天從天花板上跳過柵欄的羊，除了前幾十隻之外，其他的通通都掉

我會希望陪你一起走。

到懸崖下了。因爲在我的幻想世界中，柵欄後面是個斷崖，每一隻跳過去的羊通通都拉長音地大叫「咩——」，然後愈來愈小聲，愈來愈小聲，然後就沒聲音了。

看著羊摔死在懸崖底，不知道爲什麼，我竟變態似地竊笑。媽的，當兵眞的會讓人變白癡。不信？看看那些當了十幾二十年的官就知道了。

到底是幾點睡著的我根本就忘了，大概是天快亮的時候吧。

不過我記得那是星期天，因爲我那天要收假。

那斷崖下的羊屍體，一共有兩千一百六十六隻。

可憐的羊。

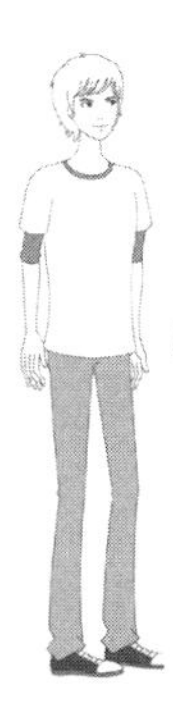

11

隔了一個星期，我又回到有妳的咖啡館。

這一次妳依然待在吧台裡，不時抬起頭看向門口，只要有客人進門，妳一定是第一個喊出歡迎光臨的。

我喜歡聽妳喊歡迎光臨，我喜歡妳的聲音，我喜歡妳的馬尾還有妳笑起來的樣子，和妳那一副戴起來像是國文教師的深色眼鏡。

但妳並不記得我。

妳的同事過來替我點了一杯紫羅蘭茶，還有一個摩多西里巧克力蛋糕，她說那是你們店裡的招牌，很多客人都會點，口碑不錯而且不會太甜。

但我覺得你們店裡的招牌是妳。

這一天的天氣依然晴朗，但外頭樹上已經偏黃的樹葉提醒著人們，秋天已經到了。我看著窗外發呆，看著天空的雲快速地移動著，紫羅蘭茶的香

我會祝福你，然後哭三天，
然後忘記你。

味瀰漫在我的鼻間，而摩多西里巧克力蛋糕早就被我吃完了。

我看過一部電影，是凱文柯斯納演的。他扮演一個大聯盟球員，是底特律老虎隊的王牌投手。而女主角是他的太太，也是他最忠實的球迷。但他因爲把個人在球場上的勝敗看得太重，使得女主角感到不被重視。後來他們之間有一些誤會，女主角決定離開他。

過沒多久，男主角贏得他職業生涯最後一場比賽的勝利之後，卻不像平常一樣接到女主角的恭賀電話。他按著電話答錄機，裡面傳來的是冰冷的語音：「您沒有任何新留言，如有問題或需要幫助，請致電大廳櫃檯。」接著他一個人坐在飯店房間的床上痛哭，這時才赫然發現，在勝與敗之間，沒有她，就什麼意義都沒有。

最後男主角收拾行李準備出國，卻在候機室遇到決定離開他的女主角。

女主角問他：「你在這裡做什麼？」

男主角說：「跟妳一樣，等飛機。」

女主角再問：「要去哪裡？」

如果是分手呢？

男主角說：「去有妳的地方。」

電影總是這個樣子，某些對白很簡單，卻能讓你的心緊揪了起來。

我突然覺得我跟凱文柯斯納很像，雖然我不是大聯盟球員，我只是個剛下部隊的菜鳥。而且我跟女主角之間並沒有誤會，因爲我跟妳連認識都還不算。

但是當我一放假，就會到有妳的咖啡館裡，這是不是表示著，妳對我來說，已經是一種必須存在的意義？

看完那部電影之後，我幻想過一個電影情節，一個關於陪伴的故事。

一個男生很喜歡一個在咖啡館工作的女生，只要一有空，他就會到咖啡館報到，點一杯咖啡，從早坐到晚，從她上班坐到她下班。

他跟她之間不會有超過十句的對話，最多也只是女生問他：

「先生，你想要點什麼？」

然後男生告訴她：「我要一杯咖啡。」

「要哪一種咖啡？」

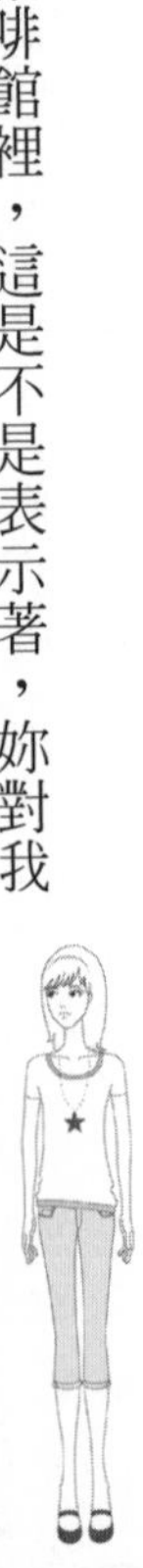

「都可以，不要太酸太苦就好。」

「那來一杯卡布其諾好嗎？」

「好。」

然後對話就結束了，一直到買單的時候，女生才會再度開口：

「謝謝你，一共是〇〇〇元。」

男生點點頭，然後遞出鈔票。

「收您〇〇〇元，請問今天的餐點還滿意嗎？」

「嗯，很好。」男生再點點頭，只是這次臉上多了微笑。

「謝謝你，歡迎下次再來。」女生也微笑回應。

然後，對話就真的結束了，一直到下一次男生再來，兩個人又重複相同的對話。

他們不曾告訴對方自己的名字，也就更不可能留下任何聯絡方式。對方所有的一切他們都不了解，男生只知道這間咖啡館裡有一個他喜歡的女生，而女生只知道有一個男生常常來，但話卻不多。

有一天，男生照慣例在她剛上班沒多久就到咖啡館來光顧，只是這一次他不點東西了，他只是靜靜地走到女生面前，然後站定、看著她。

「先生，你想要點什麼？」女生有禮貌地詢問。

男生深呼吸一口氣，臉上的表情好像有很多話想說。「我想要點妳的一句保重跟再見。」男生有點靦腆又有點失落地開口。

女生一臉迷惑，搞不清楚他話裡的意思。這時男生又從口袋裡拿出一張紙條，交給那個女生，說：「我明天就要出國了，在出國之前，我覺得我應該告訴妳我的名字，因爲我想要妳對我說一句保重跟再見。」

我們都知道這個男生很喜歡這個女生，也應該都看得出來，這個女生對男生的印象深刻。但他們兩個人永遠都只在原地，從來沒有前進過。

男生選擇單純地陪伴，在他出國之前，一直在這個女孩子工作的地方，陪著她。他或許很希望能跟這個女生有進一步的交往，但他一直以來都知道他是要出國的，他沒有辦法一直留在她的身邊，如果他們眞的在一起了，最後他出國，那麼，是要把女生留在原來的地方等他？或是結束這段感情？

那明天呢？

抱歉，他做不到。所以他寧願選擇最簡單的陪伴。

那張紙條裡面寫的是男生的名字，上頭還畫了一個笑臉。

那個女生當下不知道該怎麼回應，只能笑著說保重跟再見。

說到這裡，我要先說聲抱歉。

因爲我不是編劇，也不是小說家，所以我不知道該怎麼給這個故事一個最完美或是最感人的結局，所以我只能說到這裡。

那個男生之後怎麼了？我不知道，我沒想過。

那個女生之後怎麼了？我也不知道，我也沒想過。

我只知道，就在我吃完第二個摩多西里巧克力蛋糕、我的紫羅蘭茶已經回沖三次之後，我去買單結帳，看見妳左胸上掛了一個小名牌。

靜宜。這是妳的名字。

那天晚上，斷崖下的羊屍體，比上一次的多了許多。

最簡單的，就是陪伴。

明天啊……也不想。

12

又過了一個星期，同樣是軍人的休假日，同樣戴著那頂 Nike 的運動帽，同一個位置，同一間咖啡館。

唯一不同的是，妳並不在吧台裡。

我獨自坐在位置上，猜想著，妳是不是會晚一點上班？或是妳今天排了休假，根本就不會出現？還是，上星期已經是妳最後一天上班了？幾個小時過去，天也已經黑了，我這才鼓起勇氣問了妳的同事，「請問，平常在吧台工作的那位小姐，今天會來上班嗎？」

「哇……好多人問起她喔。」妳的同事這麼說。

「啊？」

「我說，很多人問我有關她的事情，你是今天第四個還是第五個問起她的人了。」

「啊……」當下我的情緒很複雜。

「她今天休假，下個星期會來。」

「好，謝謝妳。」

「找她有事嗎？」

「呃……沒事，只是問問。」

「你喜歡她啊？」

「啊！」我搖搖頭，「不，沒有……我……」

「別不好意思，喜歡她又沒有錯，很多人都喜歡她，而且那些男生都很大方的。她每個星期都會接到情書，還有男生直接到她面前跟她要電話。」

「喔……」我的頭有點暈。我沒想到這個女生會這樣跟我「聊起來」。

「你好像連續來好幾個星期了吧？」

「嗯，這是第三個星期。」

「難怪我覺得這段時間常看到你，大概是你的帽子很好認吧。」

「啊？」我摸了摸帽子。

「你在當兵啊？」

「啊……看得出來啊？」

「超級好認的好不好！」她說話有一種女孩特有的語調。尤其是「超級」兩個字。

「這樣啊，我還以爲戴了帽子會比較……」

「比較看不出來？並不會好嗎？而且你是男生耶，別這麼不好意思，當兵又沒有錯，很多人都當兵啊，而且那些當兵的男生都很大方的。」

「是、是，我盡量。」

「你的話不多喔？」

「呃……不、不是，我只是……」

「只是比較慢熟？哎呀，沒關係啦，我可以了解，而且慢熟又沒有錯，很多人都慢熟啊……」

「不好意思，沒有錯小姐，我要買單了。」

「怎麼了？你不喜歡跟我說話嗎？」

那你去溫哥華的那天呢？

「啊！不……沒有，我只是……」

「只是要買單而已是嗎？」

「是……」我有點惶恐地點點頭。

「好啦，不鬧你了，不過我跟你說，她很喜歡南方四賤客裡面的阿尼，如果你下個星期要來找她，就帶一個阿尼的玩偶來送她，她會很開心的。」

「嗯，好，感謝妳，沒有錯小姐。」

「不客氣，慢熟的 Nike 先生。」她笑著和我道別。

妳知道嗎，靜宜，其實我應該要感謝妳的同事，也就是這位沒有錯小姐，如果不是她告訴我妳喜歡阿尼，我根本就不知道該怎麼跟妳說話。

爲了阿尼玩偶，我找遍了新崛江的夾娃娃機，就在一堆巴掌大的玩偶下面，我看見了一個巴掌大的阿尼。

我花了三百多塊錢，把壓在它上面的什麼恐龍啊小叮噹的，全部都移到旁邊去，但是效果非常有限……

好啦，我承認一點效果都沒有。

如果我去了溫哥華，妳就要跟我分手？

後來我把店員找來，請他打開娃娃機，把阿尼拿到最上面來讓我夾。

「你要不要直接買回去？」店員問我。

「可以直接買？」

「當然可以。」

「一個多少？」

「一個一百五。」

「可是我剛剛花了三百多要把它上面的娃娃移開……」

「所以你要買兩個嗎？」

「呃……我不是這個意思……」

他看我的表情有點窘，大概猜出我是什麼意思，但不知道爲什麼，他又補問了一句：「你要送人的？」

「對。」我說，而且我已經花了三百多了，都可以買兩個娃娃了，爲什麼不直接拿兩個給我？

「既然要送人，當然要用夾的比較有誠意啊。」

不管是不是爆炸聲，還是什麼心碎聲，
我都不想聽見……

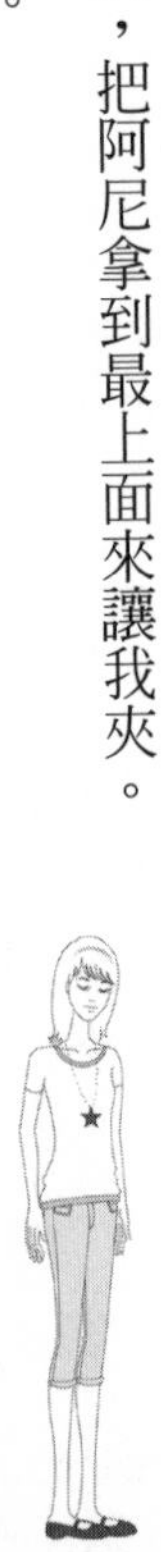

「嗯，你說的沒錯。」可惡！爲什麼我這麼容易就被說服了？

「那我把它擺到最好夾的位置，你繼續努力。」

「好，感謝你！」

然後我又花了三百多，終於讓我夾起那個該死的阿尼。

店員在一旁看見，替我拍拍手，「恭喜恭喜，你終於夾到了，有沒有很感動？」

「謝謝你，我非常感動。」我都快哭了。

就在我滿懷著感激、拿著那個巴掌大的阿尼要離開新崛江時，在夾娃娃機的旁邊，我看見一間專賣娃娃的店鋪，貨架上擺了一個兩個人頭那麼大的阿尼，下面貼了一張紙，寫著：特價三九九。

幹……什麼啊我……

我永遠記得我送妳那兩個阿尼時，妳臉上的表情，那眞的是我很喜歡很喜歡的笑容。

第四個星期的放假天，天氣不太好，從早上開始就一直是陰天。

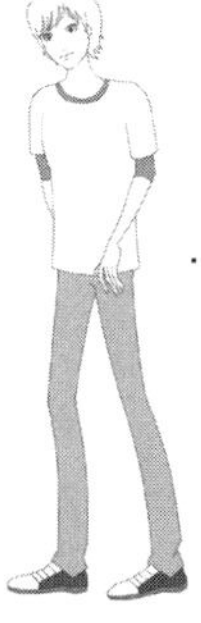

……可以嗎？永遠都不要放開妳？

我在妳上班前的十分鐘就到了咖啡館，隨身帶著一個背包，裡頭裝著那一大一小的阿尼。

當我坐到習慣的那個位置，沒有錯小姐馬上就走了過來。

「阿尼帶了嗎？」

「呃……嗯。」我點點頭。

「放在你的背包裡？」

「嗯，是的。」

「會不會緊張？」

「當然會……」

「沒關係，這個很正常，而且緊張又沒有錯，很多人都會緊張。」要命，她又來了！

「是是是……」我很怕她繼續囉嗦下去。

「想好要怎麼把阿尼送她了嗎？」

「還沒。」

這種感覺，好像在流浪。

「那你最好快點想。」

「爲什麼?」

只見她把視線移到外面，抬了抬下巴，對著窗外說：「因爲她已經來了。」

阿尼！靠你了！

我們經常迷惘著現在，感嘆著過去，
同時尋找著未來。

13

我坐在位置上發抖、發抖、發抖，再發抖，就這樣一直抖到晚上十一點，她要下班了。

我想了一百種話術、一千種方法、一萬種形式，但是卻只想到她的十種回應。

一、對不起，我不能收下。

二、謝謝你，我很喜歡阿尼，但我還是不能收下。

三、這阿尼好可愛，但我不能拿。

四、你有這個心，我就很高興了。抱歉，我不能拿。

五、老闆規定不能收客人的禮物，抱歉。

六、對不起，我不認識你。

七、不好意思，我該走了。

如果愛情可以等待，
就不會有人失去愛了。

八、我另一個同事也很喜歡阿尼，你可以拿去送她。

九、請不要這樣，我不能收你的禮物。

十、很抱歉，我已經有男朋友了。

這十種回應表示什麼？表示一種結果。

就是：對不起、I am sorry、ごめんなさい、拍謝……

沒有錯小姐在晚上八點要下班時，很熱心地走到我旁邊問問我有沒有什麼需要，但其實她只是來問我爲什麼還不行動。我告訴她，我眞的不知道該怎麼辦，她說她願意幫我製造機會，我問她什麼機會，她說送禮物的機會。

這不是廢話嗎？我當然知道是送禮物的機會，我當然也會找到送禮物的機會，但是我現在需要的不是送禮物的機會，而是不會被拒絕的機會啊！

「請問她幾點下班？」問話的時候，我依然發著抖。

「十一點。」

「請問她現在有沒有男朋友？」

溫哥華有我的夢想……

「目前看起來，沒有。」

「妳確定嗎？」

「我……不確定。」

「……」

「我又不是她，怎麼知道她有沒有男朋友，而且不確定又沒有錯，很多人都不確定……」

「好好好！」我急忙打斷她的話，「那妳能不能幫我一個忙？」

「什麼忙？」

「幫我送。」

「想都別想！」她斬釘截鐵地搖搖頭，而且連手都搖起來了，「有點誠意好嗎？這種事本來就要靠自己努力，你自己送。」

「妳沒看到我現在這種情況，怎麼送？」

「什麼情況？」

我把我不停發抖的雙手伸出來。

「你快中風了？」

「……妳眞幽默。」

「哎呀，會發抖是正常的啦，而且……」

「發抖又沒有錯，很多人都會發抖，這個我知道。」我替她補充她要說的話。

「知道就好啦。」

「但是我現在這個情況根本沒辦法跟她說話，我肯定結巴，甚至一句話都說不出來。」

「你第一次追女孩子？」

「應該說，第一次追自己生活圈以外的女孩子。」

「這表示你以前追過同學或朋友之類的女生？」

「對。」我點點頭。

「那你就把她當成是你的同學啊。」

「這方法行得通嗎？」

那……我們就不要等了，
不要等，就不會失去了。

「一直坐在這裡發抖，跟放鬆心情把阿尼拿去送她，這兩條路你選一條。」

「有沒有第三條？」

「有，就是買單，離開這裡，然後一切都結束了。」她說。

我當然不想結束，怎麼可以還沒開始就結束，我甚至還沒踏出第一步，怎麼可以就這樣結束？

沒有錯小姐在離開之前還回頭跟我使眼色、替我加油。我對著沒有錯小姐點點頭，並且開始深呼吸，做足一切準備，一定要在靜宜面前表現得正常一點。

然後我深呼吸了三個小時……幹……什麼啊我……

眼看咖啡館裡的客人愈來愈少，咖啡館外面卻開始下起大雨，我的手錶時針一直往前走，在吧台裡的她依然不時抬頭看著門口，只是這一次她的眼神多了一點擔憂，大概是在煩惱，外頭下著這樣的大雨，她該怎麼回家吧。

我會很想你……

十一點到了，打烊的時間也到了。

她拿著帳單往我這裡走過來，我快速地環顧四周一圈，我的天，只剩下我一個客人了。

我的情緒開始暴動，我的心跳開始加快，我的視線到處飄移，我的眼前一片模糊，我的腦袋一片空白，我開始恨我自己是個笨蛋、是個白癡、是隻沒有膽子的蠢豬。我在這裡坐了八個小時，想不出一個比較好的方法，可以把阿尼送給她。

「先生，不好意思，我們要打烊了，要麻煩你先買單。」她開口。

「嗯……好……」我還在發抖。

「一共是三百七十五元。」

我拿出皮夾，用發抖的手數了三百八十元給她。

「收你三百八十元，請稍等，我找錢來給你。」說完她就轉身回到吧台。

趁著她回吧台找錢的空檔，我順手拿出背包裡的小阿尼。這時我突然

天外飛來一筆地想到一個很爛很爛的方法，爛到如果我把這個方法告訴屁仔跟小陸，他們一定會笑我笑一輩子。

但是我已經沒有時間了，她已經拿著發票跟五塊錢走過來了。

「先生，這是找你的五塊錢跟發票，謝謝你。」

「嗯，謝謝。」

就在她微笑點點頭要離開的那一剎那，我開口叫住她。

「小姐，不好意思。」

「嗯？」她站在原地，回頭看著我。

「我剛剛在地上撿到這個小阿尼。是妳的嗎？」

她看見阿尼，笑了出來，然後跟我說：「不是我的耶。」

「眞的嗎？那這個大阿尼呢？」我把背包裡的大阿尼拿了出來。

她有點驚訝，但臉上的笑容更燦爛了，「不是，這個也不是我的。」

「那爲了獎勵妳的誠實，這兩個阿尼就都送給妳了。」我說。

天知道這個金斧頭銀斧頭的鳥故事竟然可以在這種時候派上用場，又

砰！

天知道這時候爲什麼我能想到這麼爛的方法。人說狗急了會跳牆，跳得過去還好，但我實在很擔心這個鳥方法會害我撞牆。

這時她不知道怎麼反應，只是掩著嘴巴一直笑。

吧台旁邊還有一個跟她一起負責打烊的同事，她看完我的爛戲碼，竟然拍起手來，「這是我看過最無言的搭訕方法了。」

我不知道我當下的表情如何，只是覺得自己的臉很燙。

而她的表情怎麼樣我也不知道，因爲她一直用手掩著自己的臉狂笑。

「呃……這兩個阿尼很可愛，而且它們都在等妳把它們帶回家。」我說。

「是我同事跟你說我喜歡阿尼的，對不對？」她依然笑著。

「是，沒錯，如果她沒告訴我，我可能會買一束過幾天就會死掉的玫瑰花，或是買兩份臭豆腐來。」

「爲什麼是臭豆腐？」

「不知道，聽說美女都喜歡吃臭豆腐。」

「不好意思，我們這裡禁帶外食。」

「啊，對喔，那我們去外面吃，好嗎？」我說。

她想了幾秒鐘，接過我手上的大小阿尼。我把裝阿尼的背包遞給她，順便替她裝進去。她說了一聲謝謝，我說了一聲不客氣，她的同事對我拍拍手說恭喜，強調她也要一份臭豆腐。

那天晚上，雨下得亂七八糟，我拿出摩托車裡的雨衣，交給她穿。她問我說，那我怎麼辦。我說沒關係，我可以走騎樓回家就好，我家其實不遠。她問我該怎麼把雨衣還給我，我說下星期見。

然後她穿好雨衣、騎上機車、對我點了點頭就騎走了。我本來打算目送她離去，直到看不見，但是她卻在騎了一小段路之後停下來、掀開她的安全帽面罩，回頭大聲地問我：

「我叫靜宜，你呢？」

「我叫小洛。」

「小洛？」

小洛，再見！

「嗯！」

「小洛晚安！拜拜！」

「靜宜晚安！拜拜！」

然後她蓋好安全帽的面罩，漸漸地騎遠，一直到看不見了。

靜宜，下星期見。

一百種話術、一千種方法、一萬種形式、一種結果。

心臟爆炸的聲音，
是妳笑著說再見的聲音。

14

想到有妳的咖啡館，想到沒有錯小姐，想到阿尼，就會想到遇見妳那一年那些美麗的日子。

我想，這又是一個想妳的夜晚了。

房東太太在我搬進去一個星期之後才想起那四口電磁爐是壞的，她叫人來修理電磁爐那天，我剛好買了第二十個 Subway 潛艇堡回家，那是我第七天的晚餐，我的印象深刻，因爲潛艇堡裡面的牛肉是臭的。

在溫哥華，Subway 多得就像是台灣的麥當勞，噢不！是比麥當勞還要多，反而是麥當勞在溫哥華的數量寥寥可數，7-11 更是少之又少，只有星巴客，它是你最好的鄰居。

Robson Street 上有家星巴客，裡頭有個混血的早班女店員，有著水藍色眼睛的她，常常把我誤認爲是日本人，結帳之後都會跟我說「ありがと

從此，我的昨天，就是你的今天了。

う」。我每次都跟她說我是台灣人，並且教她講「謝謝」，但是她總是隔天就會忘記了。那裡離我的公司很近，我幾乎每天都會去買兩杯咖啡，外帶到公司去喝。雖然公司裡也有咖啡機跟咖啡豆，但我不喜歡到茶水間泡咖啡，因爲那裡總是有好幾個女同事在道人長短，而我這個人最不喜歡聽的就是八卦。

八卦流傳著，我的小老闆跟他祕書似乎有婚外情，他們時常一同出入許多場合，甚至還有同事親眼目睹，在某間 Pub 裡，他們緊擁著彼此跳慢舞……

我是個不喜歡聽八卦的人。

我在這裡的唯一一個八卦，是在一次公司旅遊後傳出的。那時，同事相約到 Whistler 去滑雪。和我傳出緋聞的女孩子是香港人，但出生後就到了日本，一直在日本待到十五歲，就舉家遷到溫哥華，所以她雖然在香港出生，卻不會說中文，只會日文跟英文。一開始我只是找不到跟我一起搭滑雪纜車的伴，而她剛好也是一個人，我鼓起勇氣邀請她一起搭纜車，她點頭同

從此，妳的今天，就是我的明天了。

意，就這樣跟我玩了一整天。

後來我和她在公司裡碰面就會聊上幾句，偶爾中午會一起吃午飯，雖然她曾經約我一起看電影吃晚餐，但我總是以要搭公車爲由拒絕，久了之後，她也就沒再開口約我了。

人與人只要稍微接近一點，就會被其他人感覺到有什麼火花產生吧。我跟她其實只能算是非常普通的朋友，但同事們卻一直以爲我喜歡她，只是不敢表達。

「我並沒有喜歡她，但我覺得她是個不錯的女孩子。」同事問到我對她的感覺時，我是這麼回答的，一字不少，一字不多。

但話就這樣被傳開了，傳到最後變成「我很喜歡她，她是個很棒的女孩子」。

那女孩生日當天，同事冒我的名，訂了一個蛋糕，配上一束美麗的紫香水百合，叫快遞送到辦公室給她。當快遞找我拿錢時，我還付得莫名其妙。那天的辦公室鬧哄哄的，大家都在拱我親她一下，當下我左右爲難，但

好的女朋友就是要讓男朋友去闖，
而不是綁住他。

爲了顧及女孩子的面子，我沒辦法解釋那個蛋糕不是我送的，更不能說明，那句已經傳得變形的話，並不是我講的。

「祝妳生日快樂，願妳每年都快樂。」說完，我輕輕擁抱她，並且在她的臉頰上吻了一下。

然後辦公室就爆炸了，我說的不是眞的爆炸，我說的是大家都拍手歡呼，熱烈得差點掀了屋頂的那種爆炸。

當天晚上回到家之後，我寫了一封mail，寄到她的電子郵件信箱，把一切實情都告訴她，並且向她說抱歉。但是她並沒有回信給我，接下來的幾天，她對我的態度完全沒有改變，並沒有刻意接近我或是遠離我，就像這一切都沒有發生。

雖然我不知道她怎麼想，但這樣的結果讓我感到心安。

有一次一起吃午飯時，她問我有沒有女朋友，我點點頭，笑著說有。

她又問我，爲什麼從來沒看過我的女朋友，我說那是因爲她人在台灣。

「因爲她在台灣。」說完，我的心裡有點酸，因爲我很想妳。

即使飛過半個地球，我還是沒辦法忘記
地球的那邊有個牽掛。

我常在Subway買潛艇堡的時候想起妳，因爲我會想起跟妳一起去吃麥當勞時，妳煩惱著要吃幾號餐的表情，妳總會把薯條吃掉三分之一，然後把剩下的三分之二留給我，妳說那是油炸食物，吃了會發胖，胖了我就不愛妳了。

「既然怕胖，爲什麼還要吃掉三分之一？」我問。

「因爲跟你一起吃同一包薯條，感覺很幸福啊。」妳說。

是啊，靜宜，跟妳吃同一包薯條，感覺眞的很幸福。就因爲如此，所以當我一個人在溫哥華的Subway裡買潛艇堡時，我都特別想念妳，因爲沒有人替我吃掉三分之一的潛艇堡。

小陸在MSN上問我，如果我一直沒回台灣的話，會不會想在溫哥華交一個女朋友？我的回答很官方，我說大概會吧，男人怎麼可能沒有女人。

然後小陸從螢幕那一頭說「你唬爛」，螢幕這一頭的我吐了吐舌頭。

他知道，我知道，我們都知道，不管在溫哥華多久，我應該都沒有心情去交別的女朋友。

我的愛在溫哥華。

小陸問我：「爲什麼你那麼愛她？」

我當時想了一想，然後說：「因爲我愛她啊。」

四口電磁爐修好了之後，我開始會到超市去採買一些菜和牛肉回來自己煮晚餐，吃過晚餐，看一看溫哥華道地土產的超級無聊電視節目，然後上網看一些台灣的新聞，等待著晚上十點的到來。

溫哥華的晚上十點，是台灣的下午一點。那是妳午休結束，準備開始工作的時間，妳會在這時候打開MSN，跟我說幾句話。

我的愛在溫哥華 說：

小洛，你的今天好嗎？

太平洋能不能小一點？ 說：

嗯，很好。妳的昨天呢？

太平洋能不能小一點？

我的愛在溫哥華 說：
我的昨天也很好。

太平洋能不能小一點？ 說：
那就好。

我的愛在溫哥華 說：
只是……

太平洋能不能小一點？ 說：
只是什麼？

我的愛在溫哥華 說：
除了很想你之外，一切都很好。

十年後，我們會變成什麼樣？

有時候，我眞的不想在睡前看見妳告訴我妳很想我，因爲那會導致我嚴重的失眠。但是當我知道，妳對我的想念就像我對妳的一樣時，我就會了解到，很想念我的妳其實也不好受。

待在溫哥華一個月後，我開始習慣了。

雪，也開始融了。

我的愛在台灣。

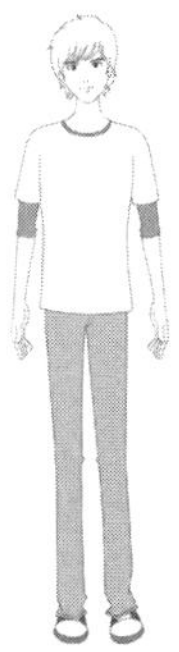

也許，我們都還在流浪吧……

相愛

「那我們要去哪裡蜜月？」

「都可以，只要不是溫哥華。」

「那我們要去幾天？」

「都可以，只要別玩到破產。」

「那我們要生幾個小小洛跟小靜宜？」

「都可以，只要我們養得起。」
「那我們會一直很相愛嗎？」
「會，我相信我們會一直很相愛。」

15

我幾乎每個星期都會到咖啡館去找她。

剛開始我很擔心她會有壓力，想想，一個和自己並沒有什麼特殊關係的男生，每個星期都到自己工作的地方光顧，其實是一件奇怪的事。而且光顧還是比較好聽一點的說法，講難聽一點，就是自作多情兼緊迫盯人。

打過籃球或是懂籃球的人都知道，緊迫盯人分兩種。

一種是半場式的緊迫盯人。對方發球給控球後衛之後，只要控衛把球運到中場線，就開始被嚴密地近距離防守。守備方採用的是一種具侵略性的防守策略，這會造成進攻方很大的壓力，運球、傳球跟實行戰術都會受到壓迫。

另一種就是全場緊迫盯人。一旦使用這個防守策略，根本就不會理會對方是不是已經發球了，每個進攻方的球員都被盯得死死的，就算接到球，

也會立刻被包夾或侵略性防守。

小陸說，我這樣比較像是半場式的緊迫盯人，因爲我並沒有天天到咖啡館報到，我只在放假的時候去，這對靜宜來說不會造成太大的壓力。

但是屁仔說，我這明明就是全場式的緊迫盯人，因爲我在當兵，本來就只有放假的時候可以去光顧。一有空就去盯住她，這不叫全場式的緊迫盯人不然要叫什麼？

我一度爲這種情況感到非常煩惱，但我卻沒辦法戒掉每個星期去喝杯咖啡的習慣。

第一個星期，我遇見她，那天懸崖下的羊屍體有兩千一百六十六隻。

第二個星期，我知道了她的名字，那天有更多的羊罹難。

第三個星期，我沒有見到她，但是我見到了沒問題小姐，她要我去找阿尼。

第四個星期，我成功地用了一個爛方法把阿尼送給她，並且相約下個星期見。

妳的昨天好嗎？

第五個星期，我照例來到咖啡館，她把雨衣摺得整整齊齊地還給我，然後那天我們就沒再說過話了。

第六個星期，我刻意等到她下班，她說很樂意跟我去吃臭豆腐，不過要等下一次。

第七個星期，吃臭豆腐的時間到了，但是她那天休假。

第八個星期，她很抱歉忘了告訴我她的休假日，於是給了我她的電話號碼，並且約好下一個星期一定要一起去吃臭豆腐。這天我看著電話號碼，直到天亮才睡著。

第九個星期，部隊高等裝備檢查，還有陳總統水扁先生要來視察，爲了部隊的榮譽，全營區管制休假。我在連上東邊的那個廁所，從最裡面數過來第二間，用立可白在牆上寫了一句「去你媽的陳水扁！什麼時候不來偏偏這時候來」，過沒幾天，發現旁邊多了一句「說得好」。

第十個星期，我把累積了兩個星期的思念寫成一首詩，準備在見面的時候送給她。

屁仔跟小陸結婚了！

見面那天，咖啡館的生意不知道爲什麼好得不得了，一直到晚上十一點多了，還有一堆客人。我依然坐在老位置上，看著她在吧台裡忙來忙去，洗著那些洗不完的杯子，煮著那些煮不完的咖啡。她還是不時抬頭環視周圍，但總會在看見我時停下來，對我做一些表情。

例如吐吐舌頭裝可愛，或是笑一笑表示招呼，或是吊一吊眼睛表示她累了。偶爾她會利用一下下的空檔，跑到我旁邊問我「你的咖啡喝完了耶，要再來一杯嗎」，或是「肚子會餓嗎？要不要吃點東西」之類的。

但我總是搖頭說不，因爲我不想增加她的工作負擔。

即使我眞的很餓。

她打卡下班的時候，我手上的手錶顯示時間是十二點半。

她走到我旁邊，「對不起，讓你等了這麼久。」

我搖搖頭，笑著說：「沒關係，能等妳，我覺得很開心。」

「現在這個時間還有臭豆腐嗎？」

「我也不知道耶。」

我遺憾沒能參加他們的婚禮。

「如果沒有的話，那我們去吃點別的，或是下次再去吃也可以。」

「妳今天很累吧？要先回去休息嗎？」

「累是還好，不過今天眞的忙得暈頭轉向的。」

「那就回家吧，我載妳好嗎？」

「你要送我回去？」

「嗯。」我點點頭。

「那我的摩托車怎麼辦？」

「明天還要上班嗎？」

「要啊。」

「那我明天去載妳來上班。」

「你明天要收假不是嗎？」

「載妳來上班之後我再回營區就好，來得及的。」我說。

「這樣啊……」

「妳如果爲難的話沒關係，不勉強的，妳也可以自己騎車，我跟在妳旁

如果有光速飛機……

邊當護衛。」

「不，我只是怕麻煩你。」

「一點都不麻煩，能載妳上下班是我的榮幸。」

「那……就麻煩你囉。」

「別說麻煩，我很樂意的。」

說完，她對我笑一笑，跑到她的機車那兒，拿了她的安全帽，在她戴上安全帽的同時，我看見她用一條紅色的繩子，把小的阿尼綁在她的背包上。

「妳一直綁著它嗎？」我指著小阿尼。

「是啊，你送我那天我就綁上去了。」說完，她跳上我的車。

「妳家怎麼走？」

「這條路直走，要轉彎的時候我再跟你說。」她說完，我點點頭，催了油門，車子開始往她家的方向前進。

騎了一會兒，我對她說：「很高興妳喜歡我送妳的東西。」

如果有光速飛機，
我想立刻飛到妳面前。

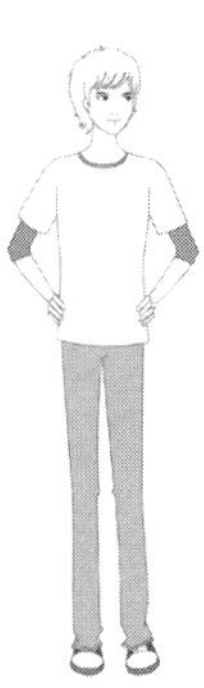

「啊？什麼？」她提高了音量。因爲她戴著全罩式安全帽，聽不清楚我說的話。

「我、說，很、高、興、妳、喜、歡、我、送、妳、的、東、西。」我一個字一個字、提高音量說給她聽。

「眞的謝謝你，它很可愛啊，我超喜歡的。」

「我、想、問、妳、一、個、問、題。」

「你說啊。」

「我、每、個、星、期、都、來、找、妳，會、不、會、造、成、妳、的、壓、力？」

「爲什麼這麼問？」

「我、怕、妳、會、覺、得、煩。」

「不會啊，我不會覺得煩啊，而且你長得跟阿尼一樣可愛呢。」她說。

「我、長、得、像、阿、尼？」

「對啊，如果穿著一樣的衣服就更像了。」說完，我聽見她的笑聲。

如果那一秒你真的回來了，
你會跟我求婚嗎？

然後我不知道是腦袋發燒還是怎樣，竟然問了一個好恐怖的問題。

「那如果我下次穿跟阿尼一樣的衣服，講話也嗚嗚嗯嗯的，妳會喜歡我嗎？」

「啊？你說什麼？」

「沒、沒有，沒、什、麼！」

說完，我的心跳得好快。

大概只十多分鐘的車程，她家就到了，在她跳下車脫安全帽時，我從背包裡拿出了那首詩。

「我有東西想要給妳。」

「你不要再買東西給我了，很破費。」

「這個東西免費，不用錢。」說完，我把詩遞給她。

「這是什麼？」說著，她就要打開紙條。

「等等！等等！先別打開，回家再看。」

「爲什麼？」

會，絕對會，
而且連一點點遲疑都沒有。

「因爲裡面的東西不適合在我還在妳面前的時候看。」

「你寫了什麼？」她好奇地問。

「妳上去看了就知道了。」

「好。」

「明天下午兩點半我來接妳。」

「好，晚安，小洛。」

「晚安，靜宜。」我說。

等我回到家，把包包裡的手機拿出來，看見兩通未接來電，還有一封簡訊。

那封簡訊只有短短一句話，我卻看到差點心臟病發。

寫詩，是一種最美麗的說話方式。

那我們要去哪裡度蜜月？

16

我知道妳到現在還留著那首詩，因爲妳說那是一個開始。

就像屁仔在追屁嫂的時候，他送給她的定情禮物是一隻捏了會發出放屁聲的猴子玩具，雖然屁嫂非常討厭那隻猴子，但那是他們的開始。

就像小陸在追渝惠的時候，他送給她的定情禮物是一封手寫的情書，但署名卻是佛洛依德。他們兩個要結婚時，渝惠還問小陸，「我是要嫁給你？還是嫁給佛洛依德？」但那是他們的開始。

這些是我到溫哥華後第三年的事了。

那年，我三十歲，屁仔跟小陸也都是三十歲，而妳是二十七歲。

一直到今天，屁嫂早就已經替屁仔生下了一隻小屁屁，而且小屁屁都已經三歲了，一天到晚「把拔馬麻買玩具」地叫著。渝惠的肚子裡也已經有了一隻小佛洛依德，只是這隻小佛洛依德是個女的。

都可以，只要不是溫哥華。

突然間，我很後悔他們結婚那年，我沒有回台灣參加他們的婚禮。聽妳說，他們一起辦的結婚典禮非常好玩。一對雙胞胎同一天結婚可能不是什麼太稀奇的事，但他們的太太也在同一天生日，這就夠稀奇了吧？

「你知道嗎？屁嫂跟渝惠是同年同月同日生的。」電話那頭，妳開心地告訴我這個消息。

我還記得那是溫哥華的凌晨四點，台灣時間的晚上七點，我躺在床上聽著妳實況轉播結婚現場的狀況，聽見屁仔在妳旁邊對著電話喊；「小洛，你現在這一時這一分這一秒立刻馬上給我以光速回來！」也聽見小陸在一旁鼓譟著，「你現在出現的話，靜宜說她現在這一時這一分這一秒立刻馬上嫁給你！」

相信我，靜宜，如果有光速飛機，花費再貴我都願意回台灣。

那天晚上，妳回到家打電話給我，我已經在公司上班了。

妳問我，「有沒有光速飛機呢？有的話，我現在立刻去搭。」

我回妳，「傻瓜，有的話，也是我去搭，而不是妳去。」

妳又問我，「如果那一秒你真的回來了，你會跟我求婚嗎？」

我回妳，「會，絕對會，而且連一點點遲疑都沒有。」

「那我們要去哪裡蜜月？」

「都可以，只要不是溫哥華。」

「那我們要去幾天？」

「都可以，只要別玩到破產。」

「那我們要生幾個小小洛跟小靜宜？」

「都可以，只要我們養得起。」

「那我們會一直很相愛嗎？」

「會，我相信我們會一直很相愛。」說完，我聽見妳的笑聲。

這句話好像昨天才說完，妳的笑好像昨天才聽到，但好幾個年頭就這樣過了。

那時妳說，妳躺在床上睡不著，手上正拿著我們的開始，就是那首詩。

妳慶幸著我跟屁仔不一樣，不會買一隻放屁的猴子送給妳。妳說妳要

都可以，只要別玩到破產。

把那首詩擺在桌子前面，一抬頭就能看見。

時光好像回到好多年前，我第一次載妳回家的那天晚上。

我不是中文系的學生，我也知道我根本就不會寫詩，我不懂如何平仄，不懂什麼對仗，只是很單純地用一個很俗的方法，寫了這樣一首詩給妳：

思涓映水納秋時，
念樂尋章染心池；
靜幕星空綴弦月，
宜風撩意半卷詩。

而聰明的妳立刻就看出其中的祕密，並且傳了一封簡訊給我，裡頭寫著：

I miss you, too.

我們會一直很相愛嗎？

17

二〇〇一年最重要的一件事，就是退伍。

這對我跟屁仔還有小陸來說，是一件人生大事。相信對每一個當過兵的人來說，都是人生大事。

我當兵的一個學長，大我二十梯，也就是早我十個月入伍。他跟其他的學長不一樣，他不罵人、不操學弟、不喜歡別人把他當怪物看，更不喜歡別人在跟他打招呼的時候說「學長好」。

「你甚至可以用幹××來對我打招呼，就是不要讓我聽到『學長好』三個字。」因爲他認爲，每一個人都是平等的，他只是比別人早進部隊，這只表示自己比別人早一點出生，或是早一點入伍而已，並沒有什麼地方比別人厲害，而學長學弟制只是一種迂腐的陋習，根本就不值得遵行。

因爲他的這個觀念，我很欣賞這個人，並且期待自己也能成爲這樣的人。

都可以，只要我們養得起。

有一天晚上，我跟他在連上的吸菸區抽菸，他問我退伍那天要幹麼，而我根本就不知道該怎麼回答。

「那一天離我還很遠，我根本就沒想過這個。」我說。

「喔。」他點了點頭，又吸了一口菸。

「那你呢？老幹，你退伍那天要幹麼？」我叫他老幹，應該說連上每一個人都叫他老幹。爲什麼？因爲其實沒多少人敢直接用幹××稱呼他，所以簡稱他老幹，叫著叫著，這就變成他的外號了。

「我……」他躊躇了一會兒，摸了摸自己的頭，「我要做的事情可能很無聊，但我還是要去做。」

「你還有多久退伍？」

「四十天。」

「那很快呀，我還有三百多天呢！」

「到後來你就會發現，時間快到一種讓你覺得不可思議的地步。」他說。

「或許吧，但是我現在一點感覺也沒有。」

那我們會一直很相愛嗎？

「就快了，你就快要感覺到了。」

「那你還是沒說啊，你退伍那天要幹麼？」

「我想去攻玉山。」

「啥？」我嘴巴張得大大的。

「我想去攻玉山。」他又說了一次。

「你以前是登山社的？」

「不是。」他搖搖頭。

「你以前常爬山？」

「沒有。」他又搖搖頭。

「你從來沒爬過山？」

「對的。」他點點頭。

「而你退伍那天要去攻玉山？」

「對的。」他又點點頭。

爲什麼？相信我們都有一樣的疑問。

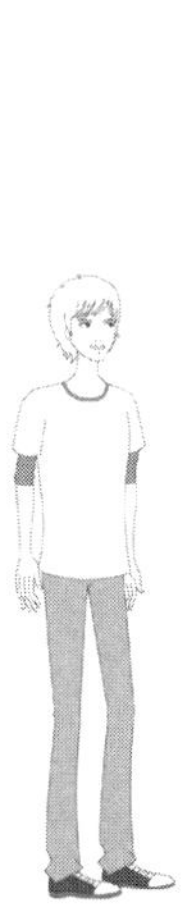

會，我相信我們會一直很相愛。

當時我頭上的問號大概有一輛坦克車那麼大吧，他看我一臉疑惑，笑了一笑，點上第二根菸，然後很輕鬆地說：

「其實我只是想讓我人生的重要時刻變得更難忘而已。」

好像才剛聽見他說這句話，然後不知不覺地，四十天就這樣過了。他退伍那天，我看著他從連長手上接過退伍令，隨即背上自己的背包，頭也不回地離開營區大門。

然後我就再也沒見過老幹了，不知道他是不是眞的成功登上了玉山。

我把這件事告訴屁仔跟小陸，他們異口同聲地說：「神經病。」

當下我雖然陪著他們一起大笑，但腦海裡卻一直記得老幹說的那句話，記了一輩子。

「其實我只是想讓我人生的重要時刻變得更難忘而已。」

靜宜也聽我說過老幹的事，她的反應跟屁仔他們截然不同，她說老幹的想法很棒，要我退伍的時候也一定要做一件讓人生的重要時刻變得更難忘的事。

老幹說得對，沒多久後，我就感覺到時間快到一種不可思議的地步。

因爲我退伍了。

在我退伍之前，我眞的沒想過要怎麼讓這個人生的重要時刻變得更難忘，直到跟我同一梯入伍的小陸跟屁仔，在某一個退伍前的放假日聊到，要在退伍那天搭夜車到花蓮，打算去睡在海灘上，我突然覺得他們的主意比老幹的要好太多了。

「至少不用爬山爬到快累死吧？」小陸說。

「不過要小心別被當成海上飄來的三具浮屍就是了。」屁仔說。

「到時候醒過來看見旁邊一堆刑事鑑定員跟驗屍官，那事情就好笑了。」我說。

雖然我跟著他們一起打屁，但是我心裡想的其實是，我想在退伍當天就看見靜宜，我想在第一時間就見到她，我想跟她說，我終於可以不必再等放假的時候，才能到有她的咖啡館找她。

屁仔跟小陸其實是知道的，他們並沒有一定要我陪他們去睡海邊。但

難以估計。

是我跟他們說，靜宜也鼓勵我做這件難忘的事，我可以隔天睡醒再飛奔到高雄找她。

「如果你們睡醒沒看見我，就是我跑了。」在搭車往花蓮的路上，我這麼說。

「你怎麼可以這樣？至少去幫我們買個早餐吧？」小陸嚷嚷著。

「沒關係，你要先走可以，但是你要睡在漲潮帶上。」

「啥？」我試著裝傻。

「別啥，就是漲潮帶，雖然我們不知道那片海的潮汐時間，但至少你可能會在半夜被海水淹醒，這就是你要拋棄兄弟奔向美人的懲罰。」屁仔故作凶狠地說著。

說完，他們兩個互看一眼，然後擊掌。

然後花蓮到了。

睡漲潮帶？我的天……

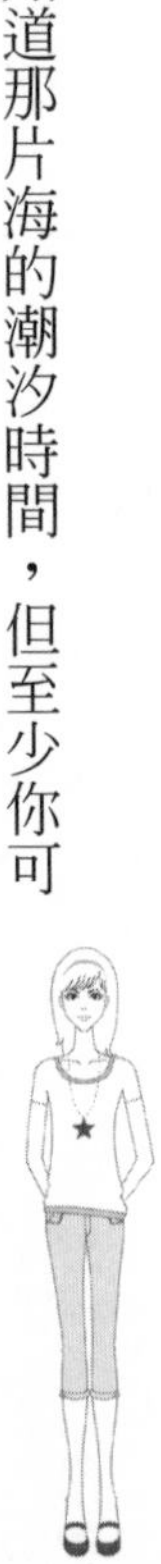

小洛，不要抽菸。

18

那只不過是一種瘋狂的行爲罷了。

但不可否認地，年輕時的某些瘋狂會成就回憶的美感。

睡在沙灘上並不像電影裡演的那樣浪漫美好，因爲戲總是可以拍得很漂亮，人總是可以在銀幕上看起來光鮮亮麗，但當你一旦眞的去嘗試，感覺並不會如戲一般。

舉個例子吧。

很多美麗的戲都會安排主角淋著大雨，或是在雨中奔跑，那些慢動作的延伸、那些雨水的跳動與潑灑、那些企圖撕扯情感的肢體表現、那些色調和鏡頭的完美搭配，使得畫面看起來好帥好美。

但誰知道其實主角正在心裡面罵髒話呢？

「媽的，我根本就看不到前面的路！」可能主角心裡會這麼想。

我無法不抽菸。

「媽的，雨這麼大，還要拚命跑，那雨打在臉上，像是被甩巴掌一樣痛！」主角也可能是這麼想。

所以當我躺在沙灘上，看著滿天的星斗，聽著大海的波浪一波波地打在岸上的聲音，吹著一陣比一陣強的海風，這種畫面誰敢說不美？

但誰知道我其實在心裡面罵幹呢？

答案是屁仔跟小陸。因爲我不只是在心裡罵，我是眞的罵出來。

海浪的聲音眞的很吵，尤其是你躺下來的時候，會聽見更立體的浪聲。那立體的浪聲會讓你一直擔心下一波浪是不是就會淹到自己。而海風的聲音更吵，除了不停地在你耳邊轟轟地吹過，還會吹起海灘上的沙，打在你的臉上。

那時我寧願去爬玉山。

我們三個就這樣坐在沙灘上喝著啤酒聊天，偶爾點上一根菸。小陸說著他在桃園部隊裡的事，我說著我在高雄部隊裡的事，而屁仔說著金門的一切。我們比較著誰的學長比較機車，誰的連長比較混蛋，還有誰的部隊比較

想念你的時候，我喜歡抬頭看天空。

操，又是誰過得比較爽。

男生只要聊到當兵的事情，那話題是永遠都講不完，就像女生聊到包包、鞋子跟化妝品一樣。

本來掛在天空右邊的月亮，不知道什麼時候跑到我們後面去了。

「好快喔，」小陸嘆了一口氣，突然有感而發，「好像昨天才剛進大學而已，現在竟然已經退伍了。」

「而且我覺得我們正好處在人生最尷尬的一個點上面。」屁仔接著說。

「什麼尷尬的點？」我問。

「就像我弟剛剛講的，我們好像才剛進大學而已，現在竟然已經退伍了，在我們都感嘆著時光飛逝的當下，對未來在哪裡卻還沒有一個確定的方向。」

我明白了他話中的意思，「所以我們正迷惘著現在，感嘆著過去，同時尋找著未來。」

「幹，好尷尬啊。」小陸說。

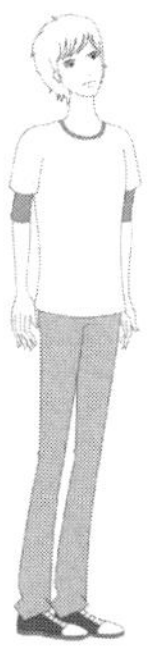

想念妳的時候，菸是最好的陪伴。

「幹，眞的好尷尬啊。」屁仔跟著附和。

「這種感覺，好像在流浪。」我說出心裡的想法。

「說得好，小洛，而且還不知道要流浪多久。」小陸拍了拍我的肩膀。

「如果什麼都不必擔心，像這樣流浪到花蓮來睡海灘也不是什麼壞事。」屁仔臉上有著無限嚮往的表情。

「我比較想去睡在有比基尼泳衣辣妹的海灘上。」我說。

「福隆海水浴場？」小陸想了一想，舉了個例子。

「太遜了吧！加州的長堤沙灘隨隨便便都比福隆養眼多了。」屁仔嗤之以鼻。

「長堤算什麼？你們都沒看電影嗎？邁阿密那條長達好幾公里的白色沙灘才是王道啊，一堆金髮碧眼的女孩子都不穿上衣的，好像穿了上衣會中暑一樣。」我的腦海裡浮現超誘人的畫面。

「所以我們討論得這麼認眞，是確定要流浪睡沙灘嗎？」小陸一句話刺破了我頭上正在想像的美女比基尼圖。

溫哥華很冷吧？

「當然不可能。」小陸說。

「未來的考驗迫在眉睫，就別再想比基尼了。」

「那你們想好要做什麼了嗎？」我問。

「我只知道我可能要看很多報紙的求職版吧。」小陸嘆了口氣。

「我也只能去試試看，能不能找個建築師事務所的助理工作，一個月領個三四萬，看看有沒有機會再進修了。」屁仔的語氣透著些許茫然。

「那你呢？小洛，你打算怎麼辦？」小陸轉頭問我，屁仔也認真地看著我。

「我要去溫哥華。」我低下頭，抓了一把沙子亂扔，「我一直對動畫很有興趣，很久以前有個人告訴我，溫哥華有很多動畫公司，所以我想去試試看。」

「你已經確定要去了嗎？」

「有機會的話，應該吧。」我心裡其實也沒把握。

「你會畫動畫嗎？」

「沒畫過。」

「那你怎麼去？」

「聽說他們會辦測試，測試過了就去上班囉。」

「加拿大耶，好遠啊，在海的那一邊呢。」屁仔指著那一片黑壓壓的海。

「要飛多久啊？」小陸也看著眼前那片漆黑。

「聽說是十二個小時，還要飛過換日線。」我說。

「加拿大的時間好像比台灣慢，對吧？」

「嗯。」我點點頭。

「所以如果你眞的去了加拿大，那我們的昨天，就是你的今天了。」屁仔突發奇想。

「然後你們的今天，就是我的明天了。」我答腔。

「然後我們的明天，就是你的後天了。」屁仔說。

「然後我們的後天，就是你的大後天了。」小陸也加入了我們。

台灣不下雪。

「然後我們的大後天，就是你的大大後天了。」屁仔還在說。

「然後我們的大大後天，就是你的大大大後天了。」小陸也還玩不膩。

「別再大大大下去了，你們眞的很無聊。」我制止了他們的無聊對話。

突然，小陸舉起了手上的啤酒，「來，讓我們敬一敬流浪吧！」

「沒別的好敬了嗎？爲什麼要敬流浪？」屁仔問。

「那你講嘛，你要敬什麼？」

大概過了五秒，屁仔思索了一會兒之後，發現他什麼也想不出來，只好一臉屁樣地說：「幹，還是敬流浪吧。」

喝了幾口啤酒，天空劃過一道流星，我不知道他們看見了沒，但是我看見了。

只是不知道爲什麼，我並沒有很興奮地嚷嚷著我看見流星了，我們只是坐在那兒，什麼話也沒說。

過了一會兒，屁仔問了一個沒有人能回答的問題。

「十年後，我們會變成什麼樣呢？」

屁仔，我不知道十年後我們會變成什麼樣，可能我們都已經成家立業，有很好的工作，有美滿的家庭，一切都不虞匱乏、衣食無缺。

也可能，我們都還在流浪。

敬，流浪。

但下在我心裡的那場雪卻始終沒停過。

19

十年前的我們都還只是剛退伍的小夥子，二十四歲不到，社會歷練零分，身處在人生最尷尬的一個時期，在很迷惘的現在懷念著過去，又在不敢改變現狀的情況下想像著未來。

好像什麼都卡住了。

「還是學生」四個字對我們來說已經不再，才一卸下學生的光環，馬上就開始感染社會現實的輻射塵，雖然男生還有當兵的階段，但迂腐的部隊生態並不會讓我們多學到什麼能運用在社會競爭上的課題，雖然我承認，挺得過部隊壓力的人，進社會之後，他的抗壓性會比較高。

社會現實的輻射塵是一種社會人都會染上的病，抵抗力好的人就能很快地適應，抵抗力不好的人就一直在原地踏步、裹足不前，抵抗力更差的人則是很快地就被淘汰，幾乎沒有喘息的空間。有夢想有遠見而且敢衝敢實踐

的，或許很快就會踏上一道浪頭，並快速地把自己推向成功。但我們都是最平凡的那種人，只求一切平穩安康。

誰都不會知道十年後的自己會變成什麼樣子，所以都只能期待自己是什麼樣子。念心理系的小陸知道心理專長在台灣不好生存，他了解自己該去找另一條出路。念建築的屁仔永遠都清楚自己不能放棄所學，因爲那是他的全部，也是他的武器。

而我呢？

我很會寫程式，但是我不會做動畫。我對動畫非常有研究，但是空有研究是不夠的，就像一個非常了解車子的人，卻不一定可以當賽車手一樣。

我想，我是三個人當中最不知所措的人了吧。當屁仔問了那個問題之後，我想著的竟然是「十年後，我只要還能活著就好」。

「或許，十年後，我還在流浪吧。」我兀自說著。海浪依舊拍打著沙灘。

漸漸地，三個人都安靜了。最先聽見的是屁仔的鼾聲，小陸則在幾分

時間好慢。

鐘之後就開始替他哥哥和聲了。我發現他們眞的是帶著很認眞的心情到這裡來睡覺的，因爲他們竟然帶了小枕頭。

剩下我一個人醒著，面對著一大片的沙灘跟一望無際的太平洋，些許月光照在海面上，反射出一些波光。我喝了幾口啤酒，一次飲盡，然後順手捏扁了罐子，在旁邊的沙灘上挖了一個小洞，把罐子埋進去。

不知道是有些許醉意，還是夜深人靜海景當前的催化作用，我突然覺得很孤單。即使我的身邊躺著兩個我最好的朋友，那份孤單的感覺卻依然深刻。

我望著眼前黑壓壓的太平洋，怎麼也沒想到，有一天我眞的會飛到對面的加拿大，到那個會下雪的城市去工作。

我拿起電話打給靜宜，接起電話的她，聲音是柔軟的。

「睡了？」我輕聲問。

「還沒，剛躺到床上，正在尋找一個最舒服的姿勢。」

「我到花蓮了。」

時間好慢。

「嗯，好玩嗎？」

「風景很好啊，現在我眼前一片汪洋，雖然是一片烏漆抹黑。」

「屁仔他們呢？」

「睡著了。」

「那你為什麼還醒著？」

「因爲我在想念妳。」

「喔？」她用一種俏皮的聲音回答著，「那你希望我回答什麼？」

我知道，她要開始調皮了。

「看妳的誠意囉。」

「那……晚安囉！」她很故意。

「呃……」

「不滿意啊？」

「不是很滿意。」

「那……拜拜囉！」她眞的很故意。

好多年、好多事，就這麼過去了。

「呃呃……」

「還是不喜歡？」

「不是很喜歡。」

「那……明天見囉！」她眞的非常故意。

「呃呃呃……」

「又不喜歡？」

「以上沒一句喜歡的。」

「那你說吧，你要我回答什麼？」

「我剛說了什麼，妳就回答什麼囉。」

「是……一片汪洋嗎？」

「不是。」

「那是……烏漆抹黑嗎？」

「也不是。」

「那我不知道了。」

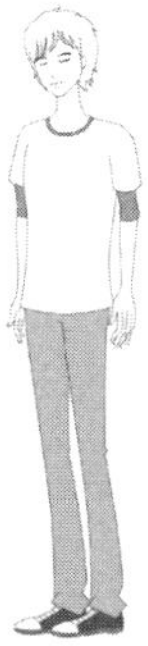

「妳只要回答『我愛你』就好了。」

「你剛剛說的不是這一句！」

「眞的嗎？不然是哪一句？」

「是『我很想念妳』！」

「喔！妳很想念我啊？好巧喔，小姐，我也很想念妳。」

「眞的嗎？有多想？」

「大概是肚子非常痛，痛到很想大便的那種想。」

「你眞沒衛生……」

「妳剛剛也很沒誠意啊。」

「我哪裡沒誠意？我剛剛已經說我很想念你了。」

「什麼？妳再說一次，這裡收訊不好，沒聽到。」

「我很想念你。」

「什麼？」

「我很想念你。」

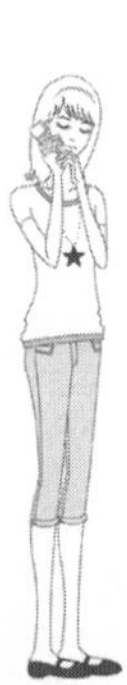

你開始想念台灣了嗎？

「啊？什麼？」

「我很想念你、我很想念你、我很想念你、我很想念你……」

就這樣，她說了好多好多次的「我很想念你」。

好像少說了一次，就會失去什麼一樣。

本來已經跑到我們後面去的月亮，這時不知道跑到哪裡去了。

我很想念你、我很想念你、我很想念你、我很想念你……

不，我想念的是妳。

如常

你知道有些人不管多麼如常，像空氣一樣在你的四周，

你以為每天早晨睜開眼睛就可以看見。

可是，當他走了，

比一場春雪化得還乾淨，一絲痕跡不留，

你就真的……除了在夢裡，
再也見不到了。

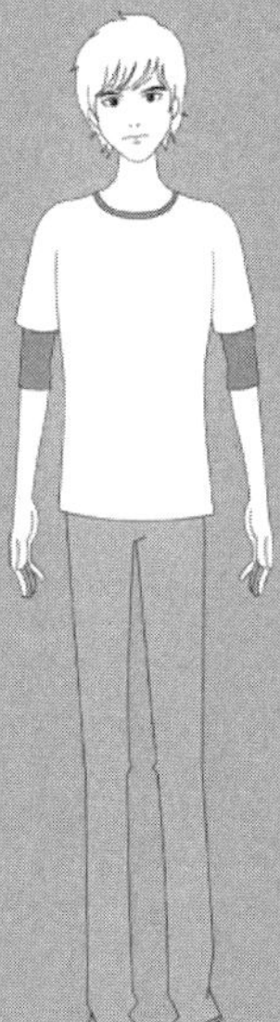

20

遇到唬神的那天下午，我正在一個路口的轉角等紅燈，準備要到對面的辦公大樓應徵工作。我根本就不記得那是我面試的第幾家公司了，只知道我找工作找了兩個月，想去的公司應徵不上，不然就是我沒相關工作經驗不被錄取。

這是當然的了，比起一個有經驗的老手，誰會想要用一個得全部從頭教起的社會新鮮人呢？社會的窄門比當年我要考大學的那扇門更窄，我有一種擠得無法呼吸的感覺。

更讓我沮喪的是，打開報紙求職欄，上面沒有任何一個工作跟動畫有關。

「我大概注定要寫一輩子的程式吧。」我在心裡喃喃自語。

唬神變得好胖好胖，胖到一種不可思議的地步。原本的他還只是一個

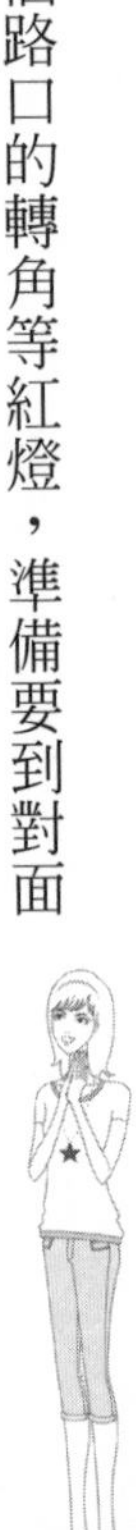

是雪耶！真的是雪耶！

小腹微凸的壯漢，這時竟然胖到拿根針刺破他的肚子，都可能會有原油流出來。

「你是去哪裡灌風的？」我吃驚地問著。

「我故意的。」他說。

「故意？」

「因爲我不想當兵，所以我故意吃胖自己。」

「那你還眞能胖啊！」我上下打量著他的身材，我的天，至少有一百二十公斤吧。

「過幾個月跟豬一樣的生活，你也可以跟我一樣。」

「吃飽睡，睡飽吃嗎？」

「再加上完全不運動。」他補充。

「結果眞的沒當兵？」

「當然沒有，都比上限還要多十幾公斤了。還弄到現在怎麼減也減不回去，幹他媽的。」他啐了一口。

到溫哥華的第一天，是個下雪天。
如果妳在……

「幹，你這個沒用的屎蛋，沒當兵算什麼男人！」我故意嘲笑他。

「白癡才會花那兩年去當兵，」他一臉的不屑，「而且等你知道我拿這兩年的時間賺了多少錢，你再來說我不像男人吧。」

「賺了多少？」我好奇地問。

結果他什麼也沒說，只是指著對街停車位裡的那部BMW。

「那是我的。」

「幹……」我有些懷疑，「眞的假的？」

「唬你沒錢賺。」他哼了一口氣。

「你是在做什麼的？」

「沒做什麼，就拿了一點錢投資朋友的電腦商品店，你也知道我認識很多中上游供應商的主管，成本比別人低很多，賺得當然比別人快。」

「這樣就能買BMW？」

「不，後來我又多開了幾間店，現在一共有三間店，另外還有一家泡沫紅茶攤，開在鳳山。」

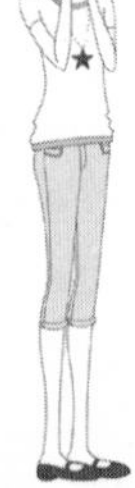

「有請辣妹嗎？」

「每一個都是辣妹。」他又哼了一口氣。

「幹……好樣的……」

「你在這裡幹什麼？」他問。

「我正要去那棟大樓應徵。」我指著對面那棟很高的辦公大樓。

「什麼公司？」

「資訊公司。」

「幹麼的？」

「寫程式的，你知道我也只會寫程式。」

「不用去了，我介紹你去另外一家公司。」

「啊？」

「不用啊來啊去的，別懷疑，我現在就帶你去。」

「什麼公司啊？」

「我朋友的公司，是在做銀行資訊部門的外包廠商，同樣是寫程式的，

他們公司接了好多家銀行的外包，約都是一簽好幾年的，好做多了。」他說。

就這樣，我被唬神帶到他朋友的公司，只花了十分鐘時間面試，主管問了我幾個很基本的問題之後，就跟唬神聊起來了。

「大哥，我朋友就麻煩你了。」唬神拍了拍那個主管的肩膀。

「沒問題，他只要能快點上手就好。」

「他沒問題啦，寫程式一流的。」唬神拍胸脯保證。

隔了幾天，過了週末之後，我就開始上班了。

我眞的不敢相信，唬神的實力竟然已經到了這種地步，他根本就沒有所謂的流浪期。他就是我說過的那種有夢想有遠見而且敢衝的人，一旦站到浪頭上，就會被推往成功的方向。

我開玩笑地問唬神，幫我介紹工作要多少錢，他回頭罵了我一句無聊神經病，然後就開著ＢＭＷ走了。回家之後，我把找到工作的事告訴爸爸，他要我好好地吸收經驗，如果眞的要去加拿大工作，才不至於什麼都不會，還要從頭學。

來塊摩多西里巧克力蛋糕吧！

我把可能會到加拿大工作的事情告訴靜宜，她聽完安靜了好一下子，然後問了我一句話：「那我怎麼辦？」

我從她的聲音裡聞到了不安的味道，趕緊把話題轉開，聊一些路上小狗的大便、烏賊車的黑煙之類沒營養的事，還說了一個笑話給她聽。

「有一個大冰箱、一個中冰箱，還有一個小冰箱。有一天，小冰箱問中冰箱，『中冰箱，爲什麼我們這麼冷啊？』中冰箱說，『不知道耶，我們去問大冰箱吧。』然後兩個冰箱就咚咚咚地跑到大冰箱前面，問，『大冰箱啊大冰箱，爲什麼我們這麼冷啊？』大冰箱回答，『因爲我們是冰箱啊。』」

「……」

「不好笑嗎？」我問。

「你才是大冰箱。」靜宜指著我。

「那我再說一個數字0遇到數字8的故事。有一天，0走在路上，剛好遇到8，他看了看8，覺得很奇怪，於是就問8說……」

「說什麼？」

我在喝咖啡的時候想妳。

「他說，你幹麼繫皮帶？」

「……」靜宜又一次無言以對。

「哇哈哈哈哈！」我自己捧自己場地大笑幾聲。

「小洛，你眞的是個大冰箱。」她無奈地搖搖頭。

我當然知道我很冷，我只是隨口說說笑話，想轉移話題而已。

她雖然說我很冷，臉上也還是笑笑的，但卻有一些什麼，從她的眼睛裡面跑了出來。

不是眼淚，我確定。

因爲她知道我愛她，我也知道她愛我，所以我只是去趟溫哥華，她沒理由因爲這樣就哭的。

一直到我眞的決定要離開台灣到溫哥華的那天，我才知道……

我錯了。

這一錯，不只錯了六年。

和你吃同一包薯條，感覺很幸福。

21

我記得有一次跟靜宜一起吃晚飯時，她看著電視，播映的汽車廣告正說著那部車有幾匹馬力，還有售價便宜、欲購從速等等的台詞，突然，她轉頭問我一個問題。

「如果哪天我離開你了，你會有什麼感覺？」

我剛夾了一口麵放進嘴巴，「簌簌簌」地吸了一半，抬頭看了看她，再看一看電視廣告，然後我把麵吐出來，「這跟那廣告有什麼關係？」

「小洛，你好噁喔，幹麼把麵吐出來啦？」她一臉嫌惡地看了看我碗裡的麵。

「因爲我要說話，含了一大口麵很難發音啊。」

「你可以先把麵吞下去再回答我啊。」

「喔，我怕妳等嘛。」

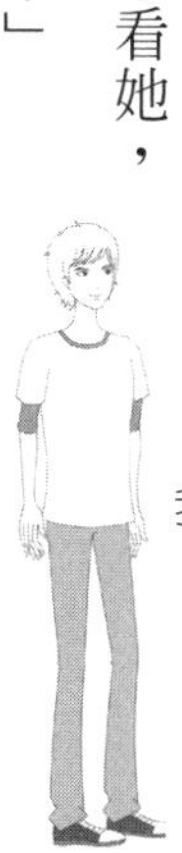

我在吃潛艇堡的時候想妳。

「那你說啊，你有什麼感覺？」

我歪著頭想了一想，「那得看是哪一種離開。」

「如果是死了呢？」

「每個人都會死，這種事我看得很開，但我應該會哭到不行吧。」

「那如果是分手呢？」

「……嗯……」

「很難說嗎？」

「不，不是，我在想像當下的感覺。」

「什麼感覺？」

「砰！」

「砰？」

「嗯。」我點點頭。

「爲什麼是『砰』？」

「因爲爆炸的聲音都是砰啊，所以我想，心爆炸的聲音，應該也是『砰』

我想和你一起欣賞每一幅美景。

吧。」我說。

我並沒有多加猜測她當時之所以會問我這個問題的原因，因爲下一個廣告是羅時豐拍的，他一出場就開始唱「感冒，用斯斯。咳嗽，用斯斯。鼻塞鼻炎用斯斯」，這讓我想起屁仔對這個廣告的評語。

「去他媽的，唱這種廣告歌也在抖音，是在抖怎樣？」屁仔這麼說。

本來我也差點說出同樣的評語，但因爲靜宜在我面前，她只允許我罵一個字的髒話，三個字或五個字的髒話通通不准說。所以話到喉頭，就隨著我嘴裡的麵給吞下了肚。

那天吃完晚飯後，我們去看了一場電影。不過我忘了片名了。

我只記得看電影時，坐在我右邊的靜宜一直拉著我的手，緊緊地靠在我的肩膀上，我覺得有點奇怪，問她怎麼了？

她只說了「我愛你」。

聽了之後，我的心「噹」的一聲，像是鐘被敲了一下，餘音繚繞。我低頭看看她，只看見她的鼻尖和她長長的睫毛，電影的亮光在她額際的髮上

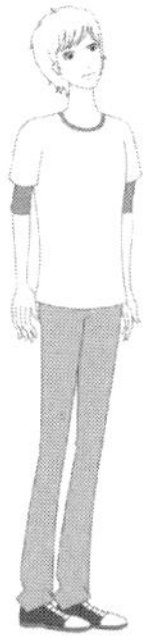

我在欣賞煙火的時候想妳。

一閃一閃的。

我摸了摸她的臉，她抬起頭來對我微笑，然後又躺回我的懷裡，我正想再問她怎麼了的時候，她又說了一次。

「我愛你。」

我不知道她吃錯了什麼藥，回想當晚的晚餐，她也沒吃什麼奇怪的東西啊。

「妳食物中毒了嗎？」我開玩笑地問。

「沒有啊，幹麼這麼說？」

「那妳剛剛怎麼……」

她伸出食指，抵住我的嘴巴，「乖乖地安靜看電影。」

散場之後，我們在戲院外面的人行道上閒適散步，我抓住她的手，認眞地問她怎麼了。她搖搖頭說，眞的沒什麼。

「我只是覺得，我們都沒有跟對方說愛你，好像不太像是情侶。」她終於說了個理由。

每吸一口菸，就吸進一口寂寞。

「所以妳連說了兩次？」

「不只，我說了一百零二次。」

「可是我只聽到兩次。」

「因爲我在心裡說了一百次。」她淘氣地笑著。

「那現在可以請妳說一百次嗎？」

「那你先說個五十次來聽聽。」

「好，改天說給妳聽。」

「哼，沒誠意！」她故意嘟著嘴巴。

「那吃飯的時候，妳爲什麼會問那個問題？」

「沒爲什麼，就是想問啊。」

「沒有其他的原因？」

「沒有。」她微笑著搖頭。

「確定？」

「是的。」她微笑著點頭。

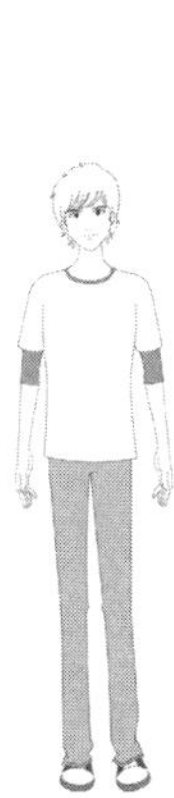

「那如果哪天，我離開妳了，妳會有什麼感覺？」

「你爲什麼問這個問題？」

「沒爲什麼，就是想問啊。」我學著她說話的語調。

「那得看是哪一種離開囉。」她也學著我說話的語調。

「如果是死了呢？」

「我會希望陪你一起走。」

「如果是分手呢？」

「我會祝福你，然後哭三天，然後忘記你。」

「爲什麼妳剛剛的答案好像是早就準備好了的？」我好奇地問。

「我本來期待你的答案會跟我的一樣，所以才要先想好答案再問啊。」

「糟糕，結果沒有一個是一樣的。」

「你看，你是個無情的傢伙。」她捏了捏我的鼻子。

「對不起。」

「不過……」

天氣冷，好好照顧自己。

「不過什麼？」

「我喜歡你最後一個答案。」

我想了一想，「砰？」還搭配了音效跟語調。

「嗯，砰！」她做了一個爆炸的手勢。

「現在聽起來像是在打麻將。」

「可是如果是分手的當下，就像是爆炸聲了。」她說。

「我們會分手嗎？」

「你想跟我分手嗎？」

「目前不想。」我說。

「那明天呢？」

「明天啊……也不想。」

「那後天呢？」

「後天……也不想。」

「那你去溫哥華那天呢？」

我在剷雪的時候想妳。

「我考慮考慮。」我故意開了個玩笑。

「我連考慮都不用考慮。」

「所以如果我去了溫哥華，妳就要跟我分手？」

「不是……」她抱住我，把頭埋進我的胸膛，「不管是不是爆炸聲，還是什麼心碎聲，我都不想聽見……」

我跟她就站在路口的人行道上擁抱，緊緊地擁抱，希望永遠都不要放開彼此。

可以嗎？永遠都不要放開？

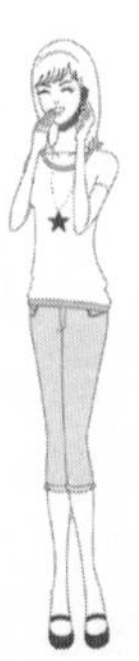
閃爍的小綠人，是我思念的出口。

22

八月的時候，溫哥華的重頭戲就是國際煙火節，那天溫哥華會擠滿了國內外前來欣賞煙火的遊客，人多到一個誇張的程度。

本來我是不知道有這個活動的，剛到溫哥華的第一年，同事拉著我一起去看煙火，他們說，住在溫哥華卻沒看過國際煙火節，那簡直就是遜爆了。我其實一點也不在意遜不遜爆了的說法，反正遜就遜，我又不會少一塊肉。但是同事盛情邀約，我於是答應和他們一起去看煙火節，不過條件是我不想在結束後趕公車，他們必須載我回家。

結果他們跟我說：「別想太多，那天的人可能會多到你根本就沒辦法搭得上車。」

他們是對的。

我不知道到底有多少人來到溫哥華，我只知道什麼叫作寸步難行。那

我在和妳說話的時候想妳。

感覺像是全世界的人都擠在這個城市裡一樣。

只是，如果全世界的人都聚集在這裡，那爲什麼我找不到屁仔、小陸跟靜宜呢？

煙火節是在English Bay的海邊舉行的，English Bay翻譯成中文叫作英格利須灣，不過翻成英格利須感覺跟沒翻一樣，我們就還是叫它English Bay吧。

English Bay在Stanley Park的旁邊，是一片風景跟日落非常美麗的海灘。而Stanley Park是一座非常特別的公園，因爲它是眞實存在於大都市裡的一座「雨林」，很多人都在裡面慢跑、騎腳踏車、攝影或是談戀愛，溫哥華水族館也位在Stanley Park裡面。

Stanley Park翻譯爲史坦利公園，不過史坦利有翻跟沒翻一樣，所以還是叫它Stanley Park吧。

在English Bay看煙火的那天晚上，我第一次感受到，原來煙火可以美到這種境界。主辦單位把施放地點設定在English Bay確實有他的道理，因

你選擇追求夢想、選擇了流浪。

爲那是一片海洋，當煙火在天上綻放，海面上也會映照出同樣的景象，造成天上一朵海上就一朵的美感。

整場煙火秀我都是起著雞皮疙瘩看完的，那眞是一次感動的體驗。只是外國人多的地方，就會有很多比較直接的畫面傳到你的眼睛裡，因爲燈光美氣氛佳，再加上煙火絢麗燦爛，很多情侶等不及煙火放完，當下就開始親親抱抱摸摸了。我眼前的那對情侶，大概只看了前幾發不算太大的煙火就開始接吻了，吻到舌頭都已經快打結了之後，居然給我發出呻吟聲。

幾個同事都站在我身邊，他們看了看這對情侶，然後看了看我，說，只要沒有當場脫光，都算是正常的。

姑且不去管他們怎麼親，當我看著煙火時，心想著，如果靜宜也在這裡，她會有什麼反應呢？

同事載我回家的路上，我突然回想起大四那年，在大四下學期開學之前，寒假的最後幾天，我跟屁仔還有小陸騎著機車，一共騎了三百多公里的路，跑到台南鹽水鎮去看蜂炮。

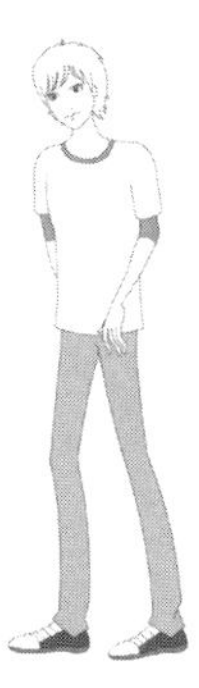

我在徬徨的十字路口想妳。

「聽說今天是元宵節，鹽水有蜂炮？」小陸說。

「聽說被蜂炮炸了之後，一整年都會旺？」屁仔說。

「幹！別喔！我們在台北，鹽水在台南喔！」我說。

我們三個人互看一眼，只見屁仔跟小陸的眼神愈來愈怪。

「你們不會吧……」我話才剛說完，他們已經拿好外套、雨衣跟毛巾了。

我們加滿了油、帶了一本地圖，從台北出發，一路向南，帶著被炸傷的勇氣，還有騎車騎到屁股開花的決心，往鹽水鎮前進。

加上迷路時間、吃飯時間，還有他們兩個要笨在新竹到台中那段濱海公路半裸奔的時間，我們一共騎了將近十個小時，到鹽水鎮的時候，人潮還沒散去，但地上已經鋪上一層蜂炮的殘餘。

「炸完了？」屁仔說。

「真的嗎？」小陸說。

「不會吧？」我說。

今天也要認真上班喔！

然後我抓了一個路人，問他蜂炮是不是已經炸完了，他笑得很開心地說：「對啊，很爽快吧！」說完他歡呼一聲，跳啊跳地離開我的視線。

「幹——」我們三個同時仰天長幹了一聲，隨之而來的是一陣非常非常深的落寞。

當下你可以看見三個跟白癡一樣的人，身上的雨衣是乾淨的，安全帽是乾淨的，毛巾甚至還沒拆封，他們就站在炮場上，一句話也不說。雖然外表看似平靜，但其實他們心裡真的很痛苦，頭上像是有一片烏雲，而那片烏雲正在下著雷雨一般。

然後我記得隔年我們相約要再去被炸，但是兵單在那之前來了。

然後我們又相約隔年一定要去被炸，但是還在當兵沒辦法休假。

然後我們又相約隔年一定一定要去被炸，但是我有了靜宜，屁仔的工作才剛穩定，小陸還在努力準備考國外的心理研究所，所以我們又約了隔年。

然後隔年屁仔和屁嫂談起了戀愛，小陸終究沒能到國外繼續深造，我

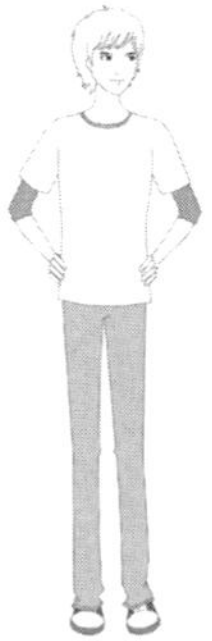

我在工作的時候想妳。

們好像都不小心老了一點，老到都忘了相約要去鹽水被蜂炮炸。

然後隔年，小陸記起了蜂炮的事，本來說好要去了，但屁仔考上了建築師執照，我拿到一份到溫哥華工作的合約，出發日期是農曆大年初八，終究，我們還是沒能在現場感受鹽水蜂炮的威力。

大四那年跟鹽水蜂炮向隅，沒想到這一向隅就是好多年。

就像我跟靜宜一樣，我跟我們的幸福向隅，沒想到這一流浪，就是好多年。

流浪了好多年。

年輕時有某些遺憾，人，終究，都會因此而老了一點。

你真的能夠忘了我？

23

人間四月天，講的是徐志摩的故事。

雖然我曾經為這部戲深深著迷，但其實劇中只有兩段話讓我至今依舊印象深刻。

「你知道有些人不管多麼如常，像空氣一樣在你的四周，你以為每天早晨睜開眼睛就可以看見。可是，當他走了，比一場春雪化得還乾淨，一絲痕跡不留，你就真的……除了在夢裡，再也見不到了。」

這是沈叔薇對徐志摩說的一段話。

沈叔薇這名字看起來是女孩子名，但其實他是個男人。

他是徐志摩的表哥，不過這個身分好像沒有經過證實，因為有些資料只提到他跟徐志摩是同學，而其他的資料則明言他是徐志摩的表哥。

不管他是不是徐志摩的表哥，總之，他的這段話讓徐志摩決定不顧一

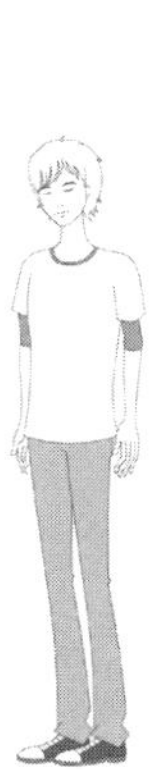

切追求自己的幸福與眞愛。他在一九一五年奉父親之命與張幼儀結婚，但因爲這對徐志摩來說是一樁很不情不願的婚事，「有愛情才能有幸福！」當時徐志摩這麼抗議著，但終究拗不過家人。

一九二二年秋天，他從英國劍橋大學回到中國之後，發表了一篇西洋化的離婚通告，雖然他當時還不算是中國非常知名的文人，但這篇通告卻直接挑戰了中國的封建婚姻制度，是近代史上第一宗西式離婚事件。

那個時候，他寫下了一段話，這段話也就流傳千古，至今仍然有許多人熟而能言，那也是我所喜歡的第二段話。

「我將在茫茫人海中尋訪我唯一之靈魂伴侶，得之，我幸；不得，我命。」

很明顯地，這段話是爲了林徽音而寫的。徐志摩爲了跟林徽音在一起，於是跟張幼儀離婚，但後來林徽音始終沒有跟徐志摩在一起，她嫁給了梁啓超的兒子梁思成。

如果那時候就有台灣的國罵，我保證可以聽到徐志摩罵幹。

我發現想念是一件很吵的事情。

爲什麼我敢保證？因爲我覺得他是個性情中人，通常性情中人都會直率地表達心情。

小陸說：「對。」

屁仔說：「沒錯。」

我相信他們一定會給我這樣的答案。

認同我這個看法、聽見我這麼說還會笑出來的人，你們也是性情中人。

或許有很多人覺得張幼儀很可憐，但其實當時他們的婚姻對男女雙方來說都是悲哀的，因爲他們的聯姻建立在上一代的決定，爸爸說娶就娶，爸爸說嫁就嫁。

「所以徐志摩根本就沒愛過張幼儀。」靜宜說。

「我想，應該是不討厭，但沒辦法生活在一起。」

「什麼叫作不討厭？」

「就是沒有好感，但也不厭惡。」我解釋著。

我在一群人的喧囂中安靜地想妳。

「像路人？」

「類似。」

「像隔壁班同學？」

「大概。」

「像一個可有可無的對象？」

「或許。」

「那徐志摩爲什麼還讓張幼儀生了第二個孩子？」說這話的時候，靜宜的呼吸是有些紊亂的，我能感覺到她的不滿。

張幼儀替徐志摩生了兩個孩子，第一個是在結婚之後生下的，但第二個孩子出生的時間卻讓很多人都對徐志摩頗有微詞，因爲那孩子是他跟林徽音在英國相戀的時候，讓張幼儀懷下的。

之後林徽音嫁給梁思成，徐志摩難過了許久，兩年後他又遇見了生命中的第三個女人——陸小曼。張幼儀、林徽音、陸小曼也就是後人所說的，徐志摩生命中愛過的三個女人。有人替徐志摩排了名，認爲他最愛的是林徽

散散步，可以讓我們想清楚很多事。

音，再來是陸小曼，最後才是張幼儀。

但靜宜卻說，徐志摩只愛過兩個女人。「因爲他沒有愛過張幼儀。」

我還記得，靜宜下了這個結論之後問我，「你覺得他愛過張幼儀嗎？」

「我不知道。」

「你覺得他最愛誰？」

「應該是林徽音吧。」

「既然他心裡已經愛著另一個女人了，爲什麼還能讓自己的太太懷孕呢？」靜宜疑惑著，「他既然那麼愛林徽音，爲什麼還能在同一段時間裡讓張幼儀懷孕？」

「我不是徐志摩，我沒辦法回答妳。」

「你是男人，當然可以回答我。」

「那妳就當全天下男人都會這樣吧。」

「你也會嗎？」

「我不會。」

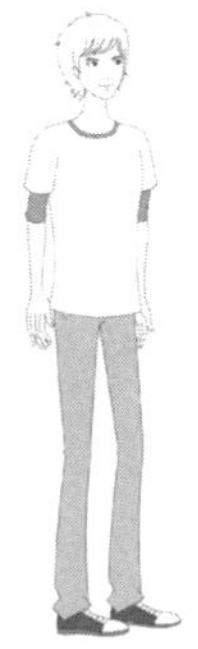

我在數著步伐前進的時候想妳。

「爲什麼你敢肯定?」

「因爲我不是徐志摩，但妳已經是林徽音了。」我說。

靜宜聽完，什麼也沒說，只是緊緊地抱著我。

我記得這句話才說完沒多久，大概幾個月的時間而已吧，我爸爸就拿著一個牛皮紙袋，說是快遞送來的，上面寫著英文，他不是很懂。

我知道那是溫哥華動畫設計公司的測試通知，那是我等待了好久的東西。當我看見牛皮紙袋上的寄件地址寫著 Vancouver Canada 時，整個人興奮得說不出話來。

但才興奮了幾秒鐘，我就想起了靜宜。

我不太敢很直接地跟靜宜說測試的事，因爲她說過的那句「那我怎麼辦」，讓我沒辦法也不知道該怎麼回答。

而我已經不想再跟她說大冰箱中冰箱跟小冰箱的故事了。

去辦加拿大簽證那天，我故意帶著靜宜一起同行。一路上我刻意裝輕鬆，並且告訴她，憑我這種三腳貓的寫程式功力，去動畫公司測試，等於是

我還在你的夢裡嗎?

拿著筆進廚房炒菜，絕對不會過的，就當作是去溫哥華玩一個星期吧。

她沒有什麼特別的反應，早在我退伍之前，她就已經有了我可能會離開台灣的心理準備，因此，她只是很懂事地微笑著，說：「將來我們能不能在加拿大養老，就看你了。」

一個月後，測試結果出來了。

我並不是三腳貓。

我不是徐志摩，但妳已經是林徽音了。

我在睡前想妳。

24

我幾乎就是一個加拿大人了。

打從二十七歲那年飛過來工作，我就一直有種預感，「可能我隔年就會回去了吧。」對，我的預感就是這樣的。

這裡的生活很無趣，這裡的食物我不習慣，這裡的天氣太糟太冷，還有我的英文不是太好。

重點是，我想念台灣的一切。

台灣有小吃，台灣有爸爸媽媽，台灣有屁仔跟小陸，台灣有我熟悉的一切，還有靜宜。

把一個天秤擺在我前面，然後開始問我一些台灣跟溫哥華相比哪裡比較好的問題，我敢保證，一定是台灣那邊比較重。就算台灣的政治人物讓人覺得噁心，就算台灣的道路沒幾條是平的，就算台灣的社會亂七八糟，就算

台灣有很多事情都令我看不順眼。

但我就是喜歡台灣。

我的同事問過我，台灣是個什麼樣的地方。

我告訴他們，那是個只有高山會下雪的海島，從南到北搭飛機只要五十分鐘，人口兩千多萬，美食不計其數，吃過台灣的美食，眞的會想一輩子留在台灣。

他們聽完後覺得很好奇，接著問我有什麼好吃的。

我完全不知道該怎麼把那些好吃的東西翻成英文，因爲我不知道肉粽怎麼講，我不知道肉圓怎麼講，我也不知道蚵仔煎跟藥燉排骨怎麼講，於是我只說，我沒辦法翻成英文，不過到台灣，只要找到夜市，就等於找到美食了。

有個同事問我：「既然台灣那麼好，你爲什麼要來？」

頓時，我愣在原地，不知道該怎麼回答。

「我愛動畫！」思考了一會兒之後，我這麼回答他。

我在冰天雪地的溫哥華想妳。

而這個答案，就成了我到溫哥華的官方說法了。

只是，爲什麼來到溫哥華之後，我一待就是六年呢？坦白說，我眞的不知道爲什麼。或許是我的工作得心應手，或許是我的老闆對我賞識有加，或許是這裡的薪水比台灣好很多，也或許是最原始最單純的那個原因：我愛動畫。

但我始終找不出一個非常確定的答案，讓我可以對自己說：「對！對！對！他媽的對！就是這樣！就是因爲這樣，所以我才會在這個該死的冰天雪地的地方待了他媽的六年！幹！」

故事一開始我就說過了，我從來沒想過我能這樣離開台灣六年，從來沒有。因爲我根本沒想過，爲了動畫，我可以待在溫哥華六年。

屁仔在ＭＳＮ上面跟我說過，我對動畫的執著超過了我自己的想像，所以我才會一直待在加拿大。

「我想靜宜可能很難過，因爲女人都愛胡思亂想，她八成覺得她的存在不如動畫兩個字。」屁仔說出他的想法。

除了很想你之外，一切都很好。

當我看見ＭＳＮ的對話框裡出現這樣一段話，我突然覺得自己是個自私的人。

在溫哥華過了六個冬天，我開始習慣了零下的溫度。我的鞋櫃打開，裡面有兩雙雪靴。冬天一到就下雪，我因此練就了一身鏟雪的好功夫。家裡的後院常常有浣熊出沒，爲了找東西吃，牠們經常翻倒我的垃圾桶，於是我只好把垃圾放在地上，然後用垃圾桶蓋起來。我的冰箱裡永遠都備妥了一個星期的食物存量，我固定一個星期去超市一趟，買齊所有的物品。房東太太總會準時地在每個月發薪水那天來敲我的門，跟我收房租，我後來乾脆就改用匯款的，因爲她每次來都會問，「那四口電磁爐好了嗎？」拜託，我都已經住在這裡六年了，也已經用了那四口電磁爐六年了，房東太太別再問了好嗎？

突然有一天晚上，雪停了。

我走到屋外，點起一根要價大概台幣十幾塊的香菸（溫哥華一包菸大概要賣台幣三百元），踩在鬆軟的雪上，我本來只是單純地望著天空，習慣

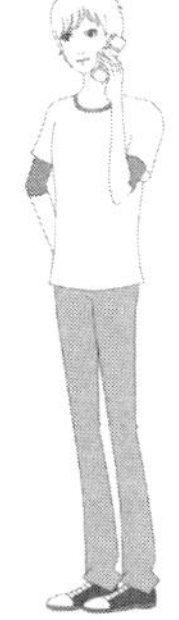

我在流浪的每一刻想妳。

性地想念著台灣的一切和靜宜。

但那踏雪的聲音提醒了我一件事情。

「喂，自私的混蛋，流浪了六年，夠了吧？」

我心底有個聲音，這麼跟我說。

六年，夠了。

不等待，就不會失去……是嗎？

因為我愛妳，所以我需要妳。

流浪的終點

「如果他離開她，是旅行的意義。那我去流浪，是什麼的意義呢？」

在溫哥華的最後幾個月，我每天都在想這個問題。

直到有一天，我突然發現，我需要的不是一個意義，

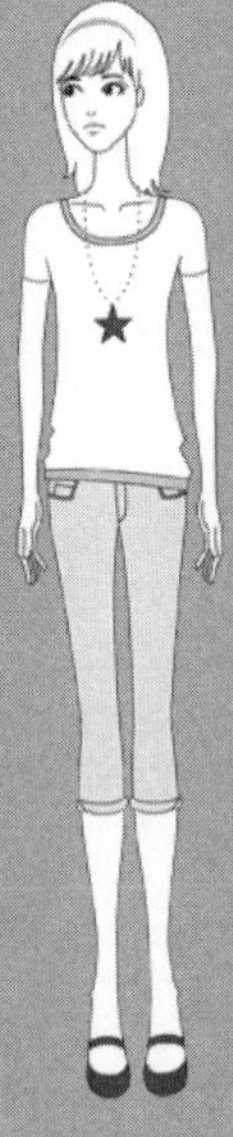

而是一個終點。

「因為旅行需要目的地，但流浪需要終點。」我得到這樣的結論。

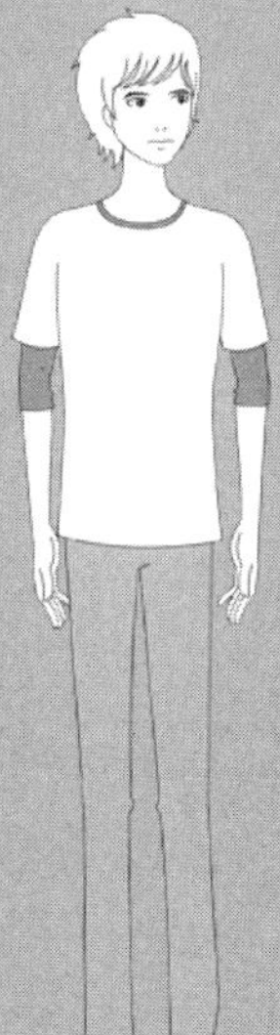

25

我決定回台灣時，房東太太還在問我：「那四口電磁爐好了嗎？」

我故意回答：「它壞了六年了。」

當年決定要離開台灣，我花了幾天時間考慮。

而現在，決定要回台灣，我只想了幾秒鐘。

辭呈在隔天早上就遞到我老闆桌上，但他還沒到公司。等他看完辭呈，時間已經是下午了，他把我叫到他的辦公室，問了我很多話，當然最重要的還是那一個問題。

「爲什麼要走？」

很多人都喜歡問爲什麼，包括我自己。我要來溫哥華之前也問過自己爲什麼，我在這裡的六年之中，也不時問自己爲什麼，不過總是找不到原因。

加拿大的天空，和台灣的天空，
一樣嗎？

「因爲我該走了。」我說，我覺得這是一個最貼切的答案。

「這是哪門子的答案？」看樣子我老闆並不喜歡我的回答。

「請別誤會，詹姆士先生，」我的老闆叫作詹姆士，「我只是想回家了，我終究是個台灣人。」

「你已經可以申請永久居留了，工作做得好好的，爲什麼不留下來？」

「我不會在這裡待一輩子，台灣是我家，我一定會回去的。」

「那明年再走？」

「很抱歉。」

「那至少待過這兩季。」

「對不起。」

「已經決定了嗎？」

「是的。」

「很可惜，眞的。」他嘆了一口氣，「你是個很優秀的人才，留不住你是公司的損失。」

飛機降落前的五分鐘，
我的心情非常複雜。

「不，別這麼說，」我站了起來，眞心地說：「詹姆士先生，公司很好，所以我才待了六年，我相信你們會找到比我更優秀的人。」

「什麼時候離開？」

「新人一來，交接完就走了。」

「那祝你好運。」

「謝謝你，詹姆士先生。」說完，我離開了他的辦公室。

隔天，全公司都知道我要走了。

他們辦了一個歡送會，買了一個超級難吃的蛋糕，我吃了一塊，向他們說謝謝，然後在回到家裡拉肚子的時候咒罵他們。

決定一個決定究竟要花多少時間？其實每個人都不一樣。

我永遠記得，當我收到測試通過錄取通知時，我並不如想像中興奮，似乎有個牽掛讓我高興不起來；在決定離開台灣的當下，屁仔說「去嘛，總得試試看啊」，小陸說「我哥說得對」，爸爸說「有追求夢想的機會就要把握」……

我選擇祝福，讓你追求你的夢想。

然後我就來了。

只是，即使飛過了半個地球，我還是沒辦法忘記地球的那邊有個牽掛。

在我出國的前兩天，我跟靜宜約在星巴克見面。

那天我們都不多話，對於即將到來的離別，我們做了很多心理準備，但其實再多的心理準備都沒有用。

她對我說，「如果愛情可以等待，就不會有人失去愛了。」

她才說完，我便打翻了我的咖啡。

咖啡倒在馬路上，天冷，飄起了煙，我抬頭看著天空，深呼吸了一口氣，說出了一個自以爲不自私的決定。

「那……我們就不要等了。」

她沒有立刻回話，只是怔怔地看著我，過了一會兒，她才看著我的眼睛，緩緩地說了一句話。

「什麼意思？」

我以為我找到了我人生的方向。

「……就是……不要等的意思。」

「你想說的……不是這個吧？」她的聲音在顫抖。

「我想說的，就是字面上的意思。」

「這是分手嗎？」

「……」

「是嗎？」

「不是，這是不要等。」

「這跟分手有什麼不一樣？」

「當然不一樣，我根本就不想跟妳分手，我甚至希望，不管我去了多久，我們都還能跟現在一樣。」

「所以你的意思是，要順其自然，至於以後能不能在一起，時候到了就知道嗎？」

「是的。」

「這對我來說，跟分手是一樣的。」

於是停留，於是等候。

「靜宜，妳聽我說，妳說的我認同，如果愛情可以等待，就不會有人失去愛了，所以如果我們都不要等，就不會失去了。」

「那會獲得什麼？」

「妳不要這樣，我也不想這樣。」我用很平靜的口吻說著，「我不能要求妳一定要等我，這對妳來說是不公平的。溫哥華很遠，在海的那一邊。我要去多久、我們之間會有什麼變化，都是未知數。」

她沒有再回話，只是轉身背對著我。

我走向前，把她摟進懷裡，她的肩膀開始顫動，我的身體也開始發抖，我聽見她哭泣的聲音，眼淚就跟著掉了下來。

過了許久，她擦乾了眼淚，轉頭看著我。拿出一張面紙，也替我擦去淚水。

「小洛，你真的已經決定了嗎？」她平靜地問。

我沒有回答她，看著她微濕的睫毛，和眼眶裡殘留的淚水，我根本一句話都說不出來。

於是流浪，於是漂泊。

「那……我們就這麼說定了。不要等，就不會失去了。溫哥華很冷，多帶點衣服。記得準時吃飯、照顧自己。我在台灣也會照顧自己，你不用擔心。我是個很好的女朋友，好的女朋友就是要讓男朋友去闖，而不是綁住他。我會爲你祈禱，我會很想你……小洛，再見。」

然後她摸摸我的臉，轉身離開。

這一別，就是六年。

砰！

我們都在流浪……

26

我說過，我以爲心臟爆炸的聲音是「砰」，但其實我錯了。

因爲心臟爆炸的聲音，是靜宜笑著說再見的聲音。

我哭得很慘，那兩天、那兩夜，包括離開台灣那天。

眼睛腫得都快看不見路了。

屁仔送我去機場時，他知道我爲什麼晚上了還要戴著墨鏡，不過他並沒有很直接地拆穿我，他只是說：「雖然你要去洋人的地方，但是人都還沒離開台灣呢，洋騷味就都已經跑出來了。」

跟他在機場外面抽菸的時候，他跟我說，人都是這樣啦，要分開的時候都會很難過的，過了一段時間，心情平靜了一點之後，眼光就遠一些了，看事情不會那麼絕對、不會那麼狹隘，或許過沒多久，你們就可以超越了。

「而且隔著一個太平洋有隔著一個太平洋的戀愛法啊。」他說。

我的決定流浪，
同時也決定了讓妳一個人在這裡流浪。

聽完，我只是笑笑。

因爲我知道，我跟靜宜其實不是隔著一個太平洋，而是隔著我的愚蠢。

我自以爲是地認爲，分手對我們來說比較好，因爲她並沒有等我的義務，但其實我自己知道，我只是在逃避一種根本就無法逃避的思念。

「分手了再出國，或許我就不會想她了。」曾經，我抱持著這樣的想法，但事實證明我是個白癡，因爲我每天都在想念她。

著名的心理學家弗洛姆在名著《愛的藝術》裡面說：

不成熟的愛是：因爲我需要你，所以我愛你。

而成熟的愛是：因爲我愛你，所以我需要你。

我到了溫哥華之後才知道，我的愛是成熟的愛，因爲我愛靜宜，所以當我遠在地球的另一邊，我才了解我眞的需要她。

訂好機票之後，我打了一通國際電話給小陸。我說我要回台灣了，他高興地叫好。我問他屁仔在不在，他說屁仔在屁仔的家，我才想起他們已經

太平洋的那一端，
卻始終存在著彼此的牽掛。

結婚了，在我暫居溫哥華的第三年。

「想通了？知道要回來了？」小陸在電話那頭問著。

「是該回去了。」我說。

「爲什麼想回來了？」

「因爲想念你們。」

「少來。」

「眞的。」

「除了我們之外，你想的應該還有別人吧。」

是啊，還有別人，只是六年不見了，她過得好不好呢？

本來想託小陸替我轉達我要回去的消息給靜宜，但話到喉頭又吞了回去，我想這件事應該由我自己來說比較好。

交代完抵達台北的時間和班機，我掛上電話。

房東太太下來檢查，看看我租了六年的房子是不是依然完整無缺。六年過去了，房東太太也老了許多。

我以為我可以不想念妳。

「這四口電磁爐……」她才剛說話。
「它是好的。」我立刻回答。

我要回去了。

27

飛機降落前的五分鐘，空中小姐用廣播再一次提醒所有乘客把安全帶繫好、收好桌子、豎直椅背、手提行動電話仍然不能開機……等等的。

我此刻的心情非常複雜。

輪子著地的那一剎那，我還不敢相信這是眞的。

在接機大廳看見屁仔之後，我才眞的有到家了的感覺。

「小洛，在國外流浪，感覺有比較好嗎？」屁仔這樣問我，但我沒有回答，我也不知道該怎麼回答。那一刻，我想起了一個人。

靜宜。

陳綺貞有一首歌，叫作〈旅行的意義〉。

裡面有一段歌詞寫得非常好，它說：「你勉強說出你愛我的原因，卻說不出你欣賞我哪一種表情，卻說不出在什麼場合我曾讓你分心，說不出，

經過這段漂泊，我才發現，最在乎的，
其實已經在原地等待很久了。

離開的原因。勉強說出，你爲我寄出的每一封信，都是你，離開的原因，你離開我，就是旅行的意義。」

尤其是最後一句，「你離開我，就是旅行的意義」，寫的超經典的。

我第一次聽到這首歌的時候，因爲沒看歌詞，所以只覺得旋律很棒。

第二次聽的時候，刻意找了歌詞，結果因此連續聽這首歌聽了一個月，就是爲了最後一句話。

「如果他離開她，是旅行的意義。那我去流浪，是什麼的意義呢？」

在溫哥華的最後幾個月，我每天都在思索這個問題。

直到有一天，我突然發現，我需要的不是一個意義，而是一個終點。

「因爲旅行需要目的地，但流浪需要終點。」我得到這樣的結論。

屁仔開車很穩，完全不像他那粗線條、吊兒郎當的個性。他說這是在有了孩子之後才轉變的性格，我覺得那就是家庭對一個男人的影響。

車子行駛在高速公路上時，我想起屁仔那個「小洛，在國外流浪，感覺有比較好嗎」的問題，想了一會兒，我轉頭對著屁仔說，其實我不在乎流

我該說沒關係嗎？

浪的感覺，我現在滿腦子想的都是流浪的終點。

「什麼?流浪的終點？」他問。

「是的。流浪的終點？」

「那是什麼？」

「是一種終點。」

「媽的廢話。」他說完的同時還罵了一聲幹。

「我是說眞的，那眞的是一種終點。」

「代表什麼的終點？」

「不是代表什麼的終點，而是代表什麼的起點。」

「你在說什麼啦？」他快被我搞瘋了。

「我的意思是，那不只是一種終點，它其實是另一種起點。」

聽完，屁仔想了好幾秒。

「所以，你決定回來，是因爲你找到了流浪的終點？」

「嗯，是的。」

「那你流浪的終點是什麼？」

「是我新的起點。」我說。

屁仔叫我快點去找小陸談一談，他覺得我有很大的心理問題。

沒多久，到了他們兄弟兩開的早餐店，我看見小陸站在門外，張開雙臂迎接我。我下了車，回了他一個笑容，同時張開雙臂，想給他一個擁抱。

突然，他在我的臉頰上親了一下，我感覺到他臉上的鬍渣，刺刺的。

「幹！你幹麼？」我嚇了一跳。

「外國人不都是這樣打招呼的嗎？」他一邊說，一邊做動作。

「我是台灣人。」我抹了一抹剛剛被他親到的地方。

「你一去就不回來，我以爲你要變成外國人了。」

「我是台灣人。」我又強調了一次，然後拿出中華民國護照，「看清楚，我是台灣人。」

我看見兩個女人在店裡忙進忙出，屁仔把我拉到其中一個女人旁邊，介紹著，「這是我老婆。」然後指著我的鼻子，「這就是我一天到晚跟妳提

所以，我們都將抵達終點？

到的小洛。」

「屁嫂妳好。」

「你好你好，不過能不能別叫我屁嫂？」她笑著說，「大家都叫我屁嫂，好難聽啊，我都不知道嫁給這個屁人到底是好還是壞。」

「屁仔是個好人，你嫁對了。」我說。

「那下輩子換你嫁他好了，我把他讓給你。」屁嫂開著玩笑。

然後小陸把我拉到另一個女人旁邊，他說：「這是我老婆。」然後又指著我的鼻子，「這就是大名鼎鼎的小洛哥。」

「陸嫂妳好。」

「你好你好，常聽他們講起你，今天終於見到你的廬山眞面目了。」

「他們有沒有說我壞話？」

「有，他們都說你比他們帥。」

「陸嫂，這是實話，不是壞話。」

說完，大家笑成一團。

我終於明白，旅行需要目的地，
但流浪需要終點。

這天，我吃到很久沒吃的蛋餅跟豆漿，看見很久沒見的屁仔跟小陸，小屁屁走過來跟我說「叔叔，帶我去買玩具」，看著小屁屁那張鼓著嫩肉的臉，我非常確定那就是屁仔的孩子。

「他也會放臭屁嗎？」我問。

「幹，有夠臭的。」小陸說。說完渝惠挺著大肚子走到他旁邊，扁了他一拳，要他別在小孩子面前罵髒話。

我非常地羨慕。

當然我羨慕的不是被扁，而是那種幸福。我不禁想像著，如果我沒有離開台灣，那現在坐在這裡一起吃早餐的人，會不會有靜宜？會不會有一個小小洛呢？

「小洛，你就在這裡待著吧，我現在去上班，晚上回來一起吃飯。」屁仔拍拍我的肩膀。

「你還要上班啊？」

「是啊，我還在事務所工作呢，這間早餐店是小陸的，我只是幫忙出了

旅行為什麼、流浪為什麼，
這些，都不重要了。

點錢。」

「那我現在回來了，沒工作了，你要不要出點錢讓我開早餐店？」

「你先去煎一個沒破而且蛋黃沒熟的蛋，成功了我們再說。」他指著一旁冒著煙的鐵板。

然後他拿起一旁的手提袋，把小屁屁抱到屁嫂的身邊，在離開之前，他低下頭，在我的耳邊說：「打個電話給她吧，她跟我們一樣，等了你六年。」

我知道，他說的人是靜宜。

我拿起電話，撥出那個熟悉的號瑪，等待電話被接起時的心情，跟我即將降落在機場時一樣……喔不！比那時還要更複雜、更深沉。

有一種掉進時光隧道的感覺，伴著每一聲鈴響，腦海裡都會重新放映一些往事，那情景、那感觸之生動、眞實，就像是昨天才發生的事，就像是這六年從來不曾存在，一切都還停留在我們之間剛開始的時候：在咖啡館看見她、故意在數羊的時候把羊摔死、爲了找到送她的禮物而找遍了所有的夾

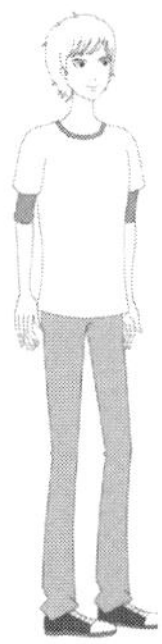

我不再需要流浪的意義，
我需要的是流浪的終點。

娃娃機、睡在花蓮的海邊……

好像一切都才剛開始。這些往事像流水一樣被帶到我的面前來，然後又慢慢地流走。

然後電話被接起，我突然醒了過來。

電話那頭沒有任何聲音，過了五秒，我說了一聲「Hello」。

「你是誰？」耳邊，傳來一個男人的聲音。

她跟我們一樣，等了你六年。

28

「呃……你好，請問……靜宜在嗎？」我的聲音在發抖，我有一種不好的預感。

「你哪裡找？」那男人問。

「呃……我是她……」我突然不知道該說我是她的誰，「我是她的……呃……朋友，我是她的朋友，我叫小洛，請問她在嗎？」

「你等等喔。」

那男的說完，電話傳來一聲話筒放到桌上的叩聲。

沒多久，我聽見一陣急促的拖鞋跑步聲從遠處響起，愈來愈近，然後電話被接起。

「小洛？」那是我很熟悉的她的聲音。

「Hello，靜宜。」我打了聲招呼。在國外待久了，使用 Hello 變得習

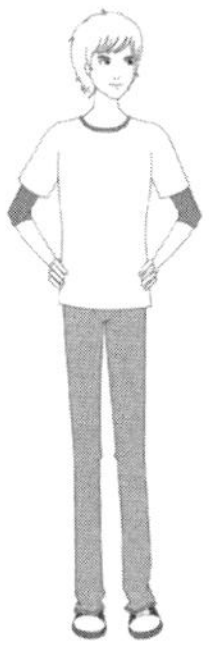

終點，也是新的起點。

慣。

「你……回來了？」她的聲音裡帶著濃濃的驚訝。

「嗯，我回來了。」

「怎麼不先通知我？」

「我……打算給妳一個驚喜。」

「小洛，這個驚喜太大了。」她笑著。

「這支手機號碼還是妳的吧？」

「對啊，怎麼了？」

「那剛剛……怎麼是別人接的？」

「那是我弟弟。」聽她這麼說，我鬆了一口氣，這才發現我一直屏著呼吸。「你打來的時候，我在廚房洗碗，叫他先幫我接，問是誰打來的。」

「原來是妳弟弟……」我呼了一口氣。

「怎麼了?你以爲我交了男朋友？」

「呃……那一瞬間，是有這個念頭閃過。」

我們都需要對方。

「如果那眞的是我男朋友呢？」

「那我只能祝妳幸福了。」

「是喔，早知道我就快點交其他的男朋友。」她說。

「我剛到台灣，屁仔去接我的，我現在人在他跟小陸的早餐店裡，妳今天有空嗎？我請妳喝咖啡。」

「有，只要是你約的，我都有空。」

「是嗎？包括吃飯？」

「對。」

「包括看電影？」

「對。」

「包括約會？」

「對啦！什麼都包括了。」

「那……包括結婚嗎？」我輕輕地問。

有時候，人要走到終點才能看見新的起點。就像美麗的風景往往都是

我們都需要對方。

在最高的那一座山巔上，你必須爬到山頂才會看見，原來還有更高的山。當你在山下設定了一個要爬到山頂上的目標，然後啓程慢慢地往上爬，在你尚未到達山頂之前，你不會知道還有另一座山在等著你征服它。

未來也是一樣的。

沒有人看得見未來，但有趣的是，每一個人都面對著未來，好奇著多久之後的將來會有什麼樣的風景等著你，或是有什麼好玩有趣的事情會發生，你帶著一種未知茫然的探索心情前進，心裡念著「未來，我來了」，然後踏上屬於你自己的流浪旅程。

因爲生命就是一場流浪。

流浪本身是一種追尋，這是人的本質，會去追求一種心裡所嚮往的。一旦開始出發，要流浪多長多遠多久都不知道。每個人的終點跟追尋的目標都不一樣，但很多人都會有同樣的結果，就是會發現，走了好長好遠的路，花了好長好久的時間，繞了好大一圈之後回到原點，然後恍然大悟，「啊，其實最在乎的，已經在原地等你很久了」。

因為，你，就是我的終點。

我就是這樣子的。

我人生的階段，每一段的分界點我都一清二楚，曾經也自以爲找到了該追尋的目標，然後花了很大的力氣飛過半個地球，花了很長的時間在目標裡探索，一直到兵疲馬困，一直到那勇往直前的視線漸漸地模糊了。

然後我發現我累了，好累好累。

於是回首來時路，回首往事與過去，回首曾經擁有的與曾經放棄的，走了一大圈後終於發現了……

我流浪的終點。

靜宜並沒有回答我，我想她是沒聽清楚我剛剛說了什麼。或是她其實聽清楚了，只是還不敢相信那是我說的。

電話那頭的她依然沉默，我便接著說：

「對不起，讓妳等了六年。我現在有一種歉疚感，很深很深。當初我決定讓自己去流浪，卻同時也決定了讓妳一個人在這裡流浪。

「好多年之後，我感覺像在許多許多的翻轉之間又突然抓住妳的手，然

因為，妳，就是我的終點。

後看見妳疲累的眼神與表情，我非常地不捨。

「飛機落地之後，屁仔問我，在國外流浪這麼多年，感覺有比較好嗎，我告訴他，我其實不在乎流浪的感覺，我現在只想著流浪的終點。

「妳，就是我的終點。」

接著仍是一陣沉默，我聽見靜宜慢慢慢慢地深呼吸了好幾口氣，過了一會兒，她緩緩地說：

「你知道嗎……」

「嗯？」

「你的終點……現在……滿臉的鼻涕眼淚……」說完，我聽見她破涕爲笑的聲音。

「那……我們出去喝咖啡吧，我順便替妳擦鼻涕眼淚。」

「那明天呢？」

「明天，我們去看電影。」

「那後天呢？」

很久很久以後呢？

「後天，我們去約會。」

「那很久很久以後呢？」

「很久很久以後，終點在哪裡，我就在哪裡。」我說著。

這是我流浪的終點。

很久很久以後，
終點在哪裡，我就在哪裡。

從此，我們的幸福不再誤點。

當冬夜漸暖

很多事情　不是誰說了就算
即使傷心　結果還是自己擔
多少次失望表示著多少次期盼
事實證明　幸福很難

我們之間　不是誰說了就算
拉扯的愛　徒增結局的難堪
一百次相愛只要有一次的絢爛
下一次　會更勇敢

當冬夜漸暖　當大海也不再那麼藍
當月色的純白變得陰暗
那只是代表快樂不再那麼簡單
笑容不再那麼燦爛

當冬夜漸暖　當夏夜的樹上不再有蟬
當回憶老去的痕跡斑斑
那只是因為悲傷從來　都不會有答案
幸福也只是　把酒言歡

當冬夜漸暖　當青春也都煙消雲散
當美麗的故事都有遺憾
那只是習慣把愛當作喜歡
重要的是　我們曾愛過那一段

演唱：吳子雲
作詞：吳子雲（OP：Linfair Music Publishing Ltd. 福茂著作權）
作曲：康小白（OP：Linfair Music Publishing Ltd. 福茂著作權）
編曲：康小白
製作：跳痛音樂社
錄音師：康小白@憲樂錄音室
混音師：楊大緯@楊大緯錄音工作室
混音助理：柯宗佑
母帶後期處理：楊大緯@超因素

誤點的幸福

所以說　我以為　什麼都不會變　我們年輕的夏天
小公園　盪鞦韆　巷口的牛肉麵　已經忘了是幾塊錢
而那天　在戲院　你站在我面前　散場人群與你擦肩
你說事情全都在預料之間　卻沒想到我們會變
我說親愛的　過去的很美　我們真愛過一回
我不怪我不怨　那些事那些年　都曾經換過我眼淚
所以說　親愛的　未來還很遠　這裡不是終點

我答應讓你挽我的手走過街的那邊　再說再見

我說親愛的　過去的很美　卻只能深深懷念

你是否也情願　放棄所有一切　只求幸福不再誤點

所以說　親愛的　我在你身邊　我們手心正交疊

如果說街對面　不是下雨天　轉角有間咖啡店

演唱：吳子雲
作詞：吳子雲（OP：Linfair Music Publishing Ltd. 福茂著作權）
作曲：康小白（OP：Linfair Music Publishing Ltd. 福茂著作權）
編曲：康小白
製作：跳痛音樂社
錄音師：康小白@憲樂錄音室
混音師：楊大緯@楊大緯錄音工作室
混音助理：柯宗佑
母帶後期處理：楊大緯@超因素

藤井樹

十年圓夢紀錄

Hiyawu

一九九八年

短篇文字創作／如果不相遇

一九九九年十月

短篇文字創作／一張紙條
短篇文字創作／記不住的名字
短篇文字創作／美而美早餐店／收錄在《從開始到現在》
短篇文字創作／紙飛機／收錄在《那一份暗戀心情》、《從開始到現在》

一九九九年十一月

長篇文字創作／這是我的答案
短篇文字創作／紅燈／收錄在《從開始到現在》
短篇文字創作／把你打X／收錄在《從開始到現在》
短篇文字創作／你的眼鏡／收錄在《愛情，就從告白開始》、《從開始到現在》
短篇文字創作／傷痕上的傷／收錄在《從開始到現在》
短篇文字創作／我們改天見（未完成）
短篇文字創作／呆頭鴨與呆頭鵝／收錄在《從開始到現在》

一九九九年十二月
長篇文字創作／我們不結婚，好嗎

二〇〇〇年一月
短篇文字創作／我的心是什麼……？

二〇〇〇年四月
短篇文字創作／如果有一天／收錄在《邂逅，戀愛中毒》

二〇〇〇年五月
詞曲創作／幸福風鈴／收錄在《我們不結婚，好嗎》典藏版
隨書附贈光碟

二〇〇〇年六月
長篇文字創作／藍色吸管（未完成）
書籍出版／我們不結婚，好嗎

二〇〇〇年七月
短篇文字創作／有個女孩／收錄在《從開始到現在》
短篇文字創作／珍珠情事／收錄在《從開始到現在》
短篇文字創作／杯子，熱水，咖啡粉
短篇文字創作／當我用心愛著你

二〇〇〇年八月
短篇文字創作／找個人讓我愛
短篇文字創作／給自己的日記

二〇〇〇年十月
長篇文字創作／貓空愛情故事

二〇〇〇年十二月　短篇文字創作／這是我的手機號碼／收錄在《從開始到現在》

二〇〇一年三月　書籍出版／貓空愛情故事

二〇〇一年三月　書籍出版／我們不結婚，好嗎（典藏版）

二〇〇一年四月　長篇文字創作／因為天空少了你（未完成）

二〇〇一年七月　書籍出版／這是我的答案

二〇〇一年八月　長篇文字創作／有個女孩叫Feeling

二〇〇一年九月　短篇文字創作／高雄捷運愛情故事——當愛走在時光走廊

二〇〇一年十二月　詞曲創作／不可以愛妳／收錄在《有個女孩叫Feeling》隨書附贈光碟

詞曲創作／請你別愛我／收錄在《有個女孩叫Feeling》隨書附贈光碟

詞曲創作／之間／收錄在《有個女孩叫Feeling》隨書附贈光碟（曲為共同創作）

動畫腳本創作／「有個女孩叫Feeling」共五話／收錄在《有

個女孩叫Feeling》隨書附贈光碟

二〇〇二年一月

書籍出版／有個女孩叫Feeling

短篇文字創作／曼徹斯特的夕陽／收錄在《說再見的那一天》、《從開始到現在》

二〇〇二年三月

詞曲創作／於是／收錄在《那一份暗戀心情》隨書附贈光碟

二〇〇二年七月

長篇文字創作／聽笨金魚唱歌

書籍出版／我們不結婚，好嗎（中文簡體版）

短篇文字創作／這一條生命之路

二〇〇三年一月

書籍出版／聽笨金魚唱歌

書籍出版／貓空愛情故事（中文簡體版）

長篇文字創作／B棟11樓

短篇文字創作／夏日之詩

書籍出版／我們不結婚，好嗎（泰文版）

二〇〇三年七月

書籍出版／從開始到現在——藤井樹短篇作品集

二〇〇三年八月
書籍出版／這是我的答案（中文簡體版）

二〇〇三年九月
歌詞創作／存在／收錄在「西街少年電視原聲帶」專輯
書籍出版／B棟11樓（限量精裝版）

二〇〇三年十月
書籍出版／B棟11樓

二〇〇四年一月
長篇文字創作／【B棟11樓第二部】這城市

二〇〇四年五月
詞曲創作／這城市／收錄在《這城市》限量精裝版隨書附贈光碟

二〇〇四年六月
書籍出版／【B棟11樓第二部】這城市（限量精裝版）
書籍出版／【B棟11樓第二部】這城市

二〇〇四年八月
書籍出版／B棟11樓（中文簡體版）

二〇〇五年一月
書籍出版／這是我的答案（新版）
書籍出版／【B棟11樓第二部】這城市（中文簡體版）

二〇〇五年四月
書籍出版／有個女孩叫Feeling（中文簡體版）
長篇文字創作／十年的你

二〇〇五年五月　書籍出版／十年的你

二〇〇五年九月　歌詞創作／傷心樂傷心／收錄在周傳雄「星空下的傳說」專輯、陳柏圻「橘子作品」專輯

二〇〇五年十二月　書籍出版／學伴蘇菲亞

二〇〇六年十月　書籍出版／寂寞之歌

二〇〇七年八月　長篇文字創作／六弄咖啡館

二〇〇七年九月　書籍出版／六弄咖啡館

二〇〇八年一月　書籍出版／六弄咖啡館（中文簡體版）

二〇〇八年五月　書籍出版／夏日之詩

二〇〇八年九月　電影創作／夏日之詩短片
書籍出版／夏日之詩（盒裝版）

二〇〇八年十一月　書籍出版／暮水街的三月十一號
書籍出版／十年的你（中文簡體版）

二〇〇九年一月　書籍出版／寂寞之歌（中文簡體版）

二〇〇九年四月

歌詞創作／當冬夜漸暖／收錄在《流浪的終點》隨書附贈光碟

歌詞創作／誤點的幸福／收錄在《流浪的終點》隨書附贈光碟

電影創作／棒球主題電影籌備中

二〇〇九年六月

書籍出版／流浪的終點

國家圖書館出版品預行編目資料

流浪的終點／藤井樹著. -- 初版. -- 臺北市：商周出版：
家庭傳媒城邦分公司發行, 2009.06
面： 公分. --（網路小說；132）

ISBN 978-986-6472-72-5（精裝）

861.57 98007272

流浪的終點

作　　者／藤井樹
企畫選書人／楊如玉
責任編輯／楊如玉

版　　權／翁靜如
行銷業務／李衍逸、蘇魯屏
總 經 理／彭之琬
發 行 人／何飛鵬
法律顧問／台英國際商務法律事務所　羅明通律師
出　　版／商周出版
城邦文化事業股份有限公司
台北市民生東路二段 141 號 9 樓
電話：(02) 25007008　傳真：(02) 25007759
Blog：http://bwp25007008.pixnet.net/blog
E-mail：bwp.service@cite.com.tw
發　　行／英屬蓋曼群島商家庭傳媒股份有限公司城邦分公司
台北市民生東路二段 141 號 2 樓
書虫客服服務專線：(02) 25007718、(02) 25007719
服務時間：週一至週五上午09:30-12:00；下午13:30-17:00
24 小時傳真專線：(02) 25001990、(02) 25001991
劃撥帳號：19863813；戶名：書虫股份有限公司
讀者服務信箱：service@readingclub.com.tw
城邦讀書花園：www.cite.com.tw
香港發行所／城邦（香港）出版集團有限公司
香港灣仔駱克道193號東超商業中心1樓
E-mail：hkcite@biznetvigator.com
電話：(852)25086231　傳真：(852) 25789337
馬新發行所／城邦（馬新）出版集團【Cité (M) Sdn. Bhd.】
41, Jalan Radin Anum, Bandar Baru Sri Petaling,
57000 Kuala Lumpur, Malaysia.
Tel: (603) 90578822　Fax:(603) 90576622
email:cite@cite.com.my

封面設計／黃聖文
內文插畫／巧可
版型設計／小題大作企業社
排　　版／新鑫電腦排版工作室
印　　刷／高典印刷有限公司
總 經 銷／高見文化行銷股份有限公司
電話：(02) 26689005　傳真：(02) 26689790
客服專線：0800-055-365

■ 2009 年 05 月 26 月初版
■ 2015 年 03 月 24 月初版90.5刷

Printed in Taiwan
城邦讀書花園
www.cite.com.tw

定價260元

　ISBN　978-986-6472-72-5

廣	告	回	函
北區郵政管理登記證			
台北廣字第000791號			
郵資已付，免貼郵票			

104台北市民生東路二段141號2樓

英屬蓋曼群島商家庭傳媒股份有限公司　城邦分公司

請沿虛線對摺，謝謝！

書號：BX4132C	**書名：**流浪的終點	**編碼：**

請於此處用膠水黏貼

商周出版

讀者回函卡

謝謝您購買我們出版的書籍！請費心填寫此回函卡，我們將不定期寄上城邦集團最新的出版訊息。

姓名：＿＿＿＿＿＿＿＿

性別：☐男 ☐女

生日：西元＿＿＿＿年＿＿＿＿月＿＿＿＿日

地址：＿＿＿＿＿＿＿＿

聯絡電話：＿＿＿＿＿＿＿＿ 傳真：＿＿＿＿＿＿＿＿

E-mail：＿＿＿＿＿＿＿＿

職業：☐1.學生 ☐2.軍公教 ☐3.服務 ☐4.金融 ☐5.製造 ☐6.資訊
☐7.傳播 ☐8.自由業 ☐9.農漁牧 ☐10.家管 ☐11.退休
☐12.其他＿＿＿＿＿＿＿＿

您從何種方式得知本書消息?

☐1.書店☐2.網路☐3.報紙☐4.雜誌☐5.廣播 ☐6.電視 ☐7.親友推薦
☐8.其他＿＿＿＿＿＿＿＿

您通常以何種方式購書?

☐1.書店☐2.網路☐3.傳真訂購☐4.郵局劃撥 ☐5.其他＿＿＿＿

您喜歡閱讀哪些類別的書籍?

☐1.財經商業☐2.自然科學 ☐3.歷史☐4.法律☐5.文學☐6.休閒旅遊
☐7.小說☐8.人物傳記☐9.生活、勵志☐10.其他＿＿＿＿

對我們的建議：＿＿＿＿＿＿＿＿

請於此處用膠水黏貼